且插梅花醉洛阳

熊予晴 —— 著

遇见历史中36个可爱的人

湖南文艺出版社

图书在版编目（CIP）数据

且插梅花醉洛阳:遇见历史中 36 个可爱的人 / 熊予
晴著 . -- 长沙:湖南文艺出版社,2024.3
ISBN 978-7-5726-1519-1

Ⅰ . ①且… Ⅱ . ①熊… Ⅲ . ①随笔—作品集—中国—
当代 Ⅳ . ① I267.1

中国国家版本馆 CIP 数据核字 (2024) 第 004430 号

且插梅花醉洛阳：遇见历史中 36 个可爱的人

QIE CHA MEIHUA ZUI LUOYANG: YUJIAN LISHI ZHONG 36 GE KEAI DE REN

熊予晴 著

出 版 人　陈新文
责任编辑　苏日娜
书籍设计　刘盼盼

出版发行　湖南文艺出版社
　　　　　（长沙市雨花区东二环一段 508 号 邮编：410014）
网　　址　http://www.hnwy.net
印　　刷　长沙超峰印刷有限公司
经　　销　新华书店
开　　本　787 mm×1092 mm　1/32
印　　张　9.25
字　　数　175 千字
版　　次　2024 年 3 月第 1 版
印　　次　2024 年 3 月第 1 次印刷
书　　号　ISBN 978-7-5726-1519-1
定　　价　38.00 元

芙蓉出品

序

找寻历史中那一个个"可爱"的人

◎ 王士强

熊予晴的随笔集《且插梅花醉洛阳——遇见历史中 36 个可爱的人》让人拿起来舍不得放下，它轻松、有趣，文字优美、灵动，同时又有一定的思想性和深度，读来让人耳目一新。尤其是，我读完文稿之后才知道这些文字的作者是一位高中生，这些作品是她在繁忙的课业学习之外所写下的，我的确感到有些震惊。显然，这些作品是以大量的阅读为前提的，她肯定非常爱读书，阅读了大量历史书籍，并进行了个人化的重述。如此热爱阅读，如此文字水平和思想水平，不能不让人想到一个词：后生可畏。

的确是后生可畏！好文字，一篇一篇堪称美文，绝不烦冗枯燥，娓娓道来，引人入胜！又有思想、有见地，无论是对社会历史还是对人生都已然有了深刻的理解和认识，有独到的见解和发现，不落俗套。所有这些，在其同龄人中无疑都是出类拔萃的，让人刮目相看！

关于读历史，熊予晴在后记《一个读史女孩的瞎想》中有如此的自述："什么时候开始喜欢读历史的？也许，从我认识历史开始，就已经爱上她了吧。爱她的崎岖难言，爱她的悲喜交集，爱她的幽深莫测。我爱读历史时那种说不清道不明的心绪，那是一只蝼蚁面对万丈青山时的肃穆与狂喜。""历史给人以震撼，不是来自肤浅的感官，而是发自内心，震动灵魂。"并说自己读历史"不为明志，不为鉴古，只为一种发自内心的快乐"。这种"发自内心的快乐"显然是极为重要的，它构成了一种内在的、本己的、强大的动力，阅读与写作成为充满愉悦的内心选择。在当今这样一个浅阅读、音视频的时代，能发自内心喜欢读书——特别是读"艰深枯燥"的历史的——实在是太少了，少之又少。熊予晴读历史，一方面如她自己所说是兴趣，是"发自内心的快乐"，当然同时也获得了许多知识，懂得了许多道理，领悟了历史与人生的真谛。她所写的虽然也多是历史中的名人、大事，但主要关注的是其日常的、作为"人"的一面，她臧否人物的标准主要的不是这个人是否成功、是否有权势，而是他是否有性情、是否有才华、是否坚持道义、是否可爱。所以，《且插梅花醉洛阳——遇见历史中36个可爱的人》实际上是以一位出生于21世纪初的"00后"的眼光对历史所进行的重新观照、理解与阐释。

在时间的长河中，历史上的"是非成败"的确已不再重要，"转头"即"空"，而人的精神、品格、性情、人格则显现出更强大、更持久的力量。熊予晴写了多位古代的"君子""士大夫"，她赞赏"君子之道""士大夫精神"，指出其本质是不依附于皇权，而顺应道义、良知，也即她在书写韩愈的文章中所写"仰不愧天，俯不愧人，内不愧心"。文中写道："书中的道德大义是被神化的理想追求，而他们面对的朝廷，则是含黑量拉满的人性与现实。""所以即使面前是站在权力顶峰的皇帝，他也会冷脸相对，因为君主之责，在于养民。此为君子之道，或者说，这是韩愈所理解的君子之道。"（《韩愈：大佬的自我修养》）她在讨论范仲淹的文中写："（范仲淹）治国，我会；理政，我会；但争权夺势，抱歉，这我还真不会。范仲淹是个敢说话的人，而这恰恰是最危险的。范夫子或许很清楚这一点，但后果再严重，说还是要说的。""范仲淹是个堪称完美的士大夫，他的清直来源于他深沉的爱。他在对家国的深爱里忘记了自己。以至于再怎么被贬、遭罪，他都像一个战士一样，永远充满斗志，从来不曾停歇。"（《范仲淹：若可寄天下》）士大夫精神的闪光之处，正在于其对于道义、真理（哪怕是自以为的）的坚持，正如熊予晴在关于辛弃疾的文章中所写："即使时局无法逆转，我也要独自与黑夜对抗。"（《辛弃疾：杀贼！杀贼！》）这其中体现的是超越了历史的刀光剑影、风云变幻之后更为持久、强韧的人性力量。

　　熊予晴在很大程度上还原了历史中的一个个"人"，她在评论历史人物时多次使用了"可爱"一词。在讨论温庭筠时，她道出了诗人为何不适合做官的理由："所以说，温庭筠此时还是个孩子，事实上，他一辈子都是孩子。他长不大，不懂得那些弯弯绕绕。"继而，她指出："温庭筠这一辈子没有被任何东西束缚。礼法、功名，甚至道德。他不敬帝皇，吃喝玩乐，替人作弊，他想做的、他愿意做的，没有人能阻止。但是他可爱。"（《温庭筠：八叉公子的爱恨情仇》）一个"可爱"，胜过了其他所有！在讨论朱淑真时，熊予晴认为虽然她有很多"质疑和争议"，但是"我们喜欢这个任性的才女，是因为她尊重自己、尊重自己的感受，这样的尊重，从不曾泯灭"，"她是个可爱的人"。（《朱淑真：独眠人》）在《苏轼2.0：选择超然》中，她对苏轼有着深入的理解，在讨论他身上的"自由"品格与重重"束缚"之后，认为更重要的是他找到了生活本身的快乐："生活，是个美好的词。荔枝清澈的香味和午醉初醒的惬意，与道义、情感、社会没有一点关系，那是古今不变的快意。""在他看来，也许读一读书逗一逗狗，吃一碗肉喝一瓢酒，再打个饱嗝心满意足地醉倒过去，就算是极乐。"这种"快乐"或许才是生活的意义。由此，关于苏轼，"自由"与否不能确定，"但能确定的是，他很可爱"。一个懂得生活的快乐、为生活增添快乐的人，自是一个"可爱"的人。

　　基于人情、人性的立场，历史中人的成与败、得与失在熊予晴这里往往便得到了重新的认定，获得"反转"，她所给予较高评价的，往往是当时社会中的失势、失意、失败者，而很多的睥睨天下、不可一世者，却成了时间里的过眼烟云，甚至是真正的失败者。正如她在曾为大辽太后、权倾一时的萧耨斤的文章中写道："她是个畸形的人，早年被嫌弃被踩踏的经历让她急于成为自己眼中的人上人，也让她看不到更远处，看不到江山社稷和天下百姓。让她篡得权位，于她、于辽国，都是灾难。她确实曾坐上了权力的最高端，也确实改变了卑微一生的命运，过上了锦衣玉食的生活。但她卑劣的内里从未改变，到头来，她也只是个锦衣玉食的精神穷人。"（《萧耨斤：可憎，亦可悲》）所以，即使是锦衣玉食、享尽荣华富贵，她也依然是精神上的穷人。相反，有的人虽然一生穷困潦倒，精神上却是富庶的："贾岛身处风云诡谲的中晚唐。他身外的世界风云变幻，中晚唐的洪流不停歇地翻滚、冲刷。但贾岛只需一纸、一笔，就能置身于尘嚣滚滚的世界之外。诗里，是他的另一个世界。贾岛一生贫苦艰辛，下笔即是凄寒苦楚，人言其诗其人如奴。其实提着笔的那人，也许倒并不觉得是有多大的苦的。有一件可以寄托一生的事，终归是一种至深的幸福。"（《贾岛：诗奴非奴》）的确，贾岛是在诗中建立了属于他自己的王国、世界，这自然不能以世俗的标准观之。对于作为"亡国之君"的李煜，熊予晴更多地给予理解、同情。她说："我读李煜，读字里行间的盛衰兴亡、悲欢离合，也终究是难以读懂。犹山中老妪，纵闻《高山流水》而哭，心中所能联想到的也不过弹絮声耳。""赵匡胤的世界是旌旗蔽天、飞沙滚石，李煜的世界则只是满城飞絮、夜雨空阶。生来如此。"她认为李煜本质上是一位"江南看花人""逸世仙人"："这个逸世仙人，入俗障一重复一重。但是仙人依旧是仙人。"（《李煜：无关风月》）这样的"仙人"，自然也是"可爱"的人。

　　熊予晴通过重述历史，找寻着历史中一个个鲜活、可敬、可爱的人，追慕着更为美好、更有意义、更有趣、更值得的人生，实现了一种"历史正义"。小小年纪，着实了得！古语云：读万卷书，行万里路！现在的熊予晴所处理的更多是书本知识、间接经验，而随着社会阅历的增加、生活经历的丰富，当然也伴随可以预见的持续的阅读，直接经验与间接经验必将可以产生更多的碰撞和更复杂的化合反应，而使得熊予晴的写作走向更为宽阔、高远的境地，呈现更为灿烂、灼目的景观。长风破浪会有时，直挂云帆济沧海！予晴，自信前行吧，前方是属于你的星辰大海！

◎　王士强，1979 年生，山东临沂人。文学博士。主要从事中国现当代文学研究与评论。现为天津社会科学院文学研究所研究员、中国现代文学馆特邀研究员。

目 录 CONTENTS

第一辑　文坛·诗酒风流

第二辑　中朝·波谲云诡

第三辑　佳人·一枝花影

第一辑　文坛·诗酒风流

陈子昂：我不只有幽州台

（公元 659 年—700 年）

公元 696 年，三十七岁的陈子昂带着一腔怀才不遇的悲愤和郁闷，走上了燕昭王招募人才的旧址——黄金台，即幽州台。

登临古迹，常使人的眼界变得格外辽阔。古迹之所以成为古迹，是因为千万年的历史长河，曾从此地奔涌而过。此时的陈子昂，只觉历史上的一幅幅图景又在他眼前生动地再现，战国时燕昭王招贤纳士的场景好似在他眼前重演。燕昭王是一位求贤若渴的君主，对于投靠他的人才，都予以尊重。甚至，在遇到有真才实学的人时，燕昭王曾降下君主之尊，亲自提着扫帚为其清扫道路，并主动坐在弟子席上，可谓恭谨至极。

"前不见古人。"

当思绪飘回当下，陈子昂的心缓缓沉了下去。千年时光流易，燕昭王早已随历史而湮灭，不见踪影。燕昭王的黄金台依然伫立在幽州，他的美名也流传至今，可惜这样爱才、敬才的君主却再也不见了。

"后不见来者。"

当陈子昂把沉重的目光投向未来，他用低沉的嗓音向天地发问，像燕昭王这样爱贤惜才的君主何时才能再现世间？明君与贤臣共治天下，百姓和乐，边关安宁，这样的图景何时才能在大唐的疆域之内重现？对此，幽州台的回答只有沉默，似乎在与满心迷茫与悲苦的陈子昂一同沉思，一同在迷惘中追忆贤主。

"念天地之悠悠，独怆然而涕下。"

当陈子昂用沉痛的语气缓缓吟出这一句将流传千古的诗句时，他仿佛已然凌驾于广远的天地之上。不同于以追忆先秦贤王为旨的前两句，这两句诗更使视野从幽州台起，扶摇而上，竟让诗人和读者都如大鹏一般，俯瞰寰宇，超然于时空之外。若说前两句诗仅仅能使读者对陈子昂的才华湮没而感到惋惜，后两句则更能使读者心生"万物芸芸，化为埃尘矣"的喟叹，使人同诗人一起潸然泪下。

若要理解陈子昂立于幽州台上时的所思所想，不妨先一同来了解陈子昂的生平经历。

陈子昂最初的理想并非从文入仕，而是仗剑天涯。然而，在他十七岁时，成为侠客的梦想却因为他出剑伤人而不得不终止。从此，他转而潜心读书，欲通过读书获取功名。

天赋异禀的陈子昂，仅仅耗费数年就小有所成，竟赶上了他从儒数十年的父亲。常人眼里枯燥难啃的经义典籍，陈子昂却能冲云破雾，轻松掌握。

但即便陈子昂聪敏如此，仍在考场上受了挫。他满怀希望地赶赴长安，却接连两次科举失利。再继续傻愣愣地等待下一次考试，恐怕也难以取得理想成果。在这种情况下，苦恼的陈子昂打算另辟蹊径。

唐朝的科举制度尚不完善，并不如后世一般广泛采用糊名制。糊名制，即将考卷上的考生名字隐藏，使考官无法得知所批阅的考卷来自何人，从而达到维护公平的效果。这种制度创立于武则天即位初年，但到宋朝才广泛采用。陈子昂生于初唐，在当时，名气更高的考生往往更易考中。陈子昂心想，若能先使自己的文名传扬出去，那考取功名就是水到渠成的事了。

于是，长安街头便上演了戏剧性的一幕。这天，有位商人在长安街头卖胡琴，一把胡琴竟要价千金。众多长安豪富围在这个商人身边窃窃私语，一边好奇于商人卖的琴有何特别之处，一边又好奇何方巨富将会以如此高价买下这把胡琴。

路过此处的陈子昂心生一计，立刻挤开人群，毫不犹豫地买下了这把胡琴。陈子昂出身蜀中富户，对于长安豪富来说是个生面孔，所以他们在惊异的同时，也不由得好奇这位白面书生是何方豪贵。陈子昂借机邀请在场豪富于隔日赴宴，一同见证这把价值千金的胡琴，能奏出何种仙乐。

然而当长安豪富怀揣好奇赴宴，陈子昂却并没有在宴会上演奏这把琴。他抚琴感慨，自己极擅为文，但却没人知道，胡琴应是乐工弹的，不应该留下。于是陈子昂愤而摔琴，并趁机把提前抄录好的诗文分发给在场豪富。在这件事中，陈子昂的机敏展露无遗。在这样的"炒作"之下，陈子昂的文名从此大盛。他也在两年后顺利地考中了进士。

陈子昂考中进士时，武则天已然独揽大权。彼时的唐朝，前有贞观，后有开元，堪称中国两千余年封建历史中少有的辉煌时刻，如正值壮年的蛟龙，傲立云霄之上。盛世之中，有才之士本应各显神通、大展拳脚，陈子昂建功立业、封侯拜相的理想本应顺理成章地实现。

然而，陈子昂却成了光辉灿烂的时代幕布下，一个失望落寞的背影。武则天并不是无能昏君，后人称赞她的统治"政启开元，治宏贞观"，足见其智慧和政绩都可圈可点。但在用人这方面，她却有许多不足之处。为了稳固统治、把握政权，她不得不杀害了许多忠良能臣，同时大量重用武氏宗亲。但武氏宗亲鱼龙混杂，将朝廷闹得乌烟瘴气。在武氏宗亲得道的背景下，相应地，原本一些本应受到重用的有才之士受到了打压，陈子昂便是其中之一。

武则天虽赏识陈子昂这样的人才，并屡屡召见他，但却从不采纳陈子昂的提议。相比于前文提及的燕昭王，武则天显得谦逊不足、刚愎自用。陈子昂一身才华难以施展，苦闷的情绪便在他心中一点一点积攒起来。

在既被武则天"赏识"，又被她"忽视"的十年中，陈子昂未立寸功，反而在公元 694 年受"逆党"牵连而下了狱。牢狱之灾消磨了陈子昂青少年时的锐气，在绝望之中，他只得向武则天上书，恳请随军征战塞上，谋得将功赎罪的机会。通过这种方式，他才得以出狱。

陈子昂参与的战事，是平定契丹叛乱。若他能在这次从军征战的过程中立功，或许他的仕途便能迎来一个转折点，或许他就能从此青云直上，实现少年时建功立业的理想。

然而，这次率兵征讨契丹的将领，是武则天的侄子武攸宜。古人言"一人得道，鸡犬升天"，武攸宜就是因姑姑武则天得道而顺势升天的"鸡犬"。他没学来姑姑武则天的能谋善断，却比他的姑姑更加刚愎自用。他用兵轻率，又毫无军事头脑，终导致唐军大败。陈子昂置身塞外，心中的豪气也被战场所点燃。身为参谋的他屡次向武攸宜出谋划策，甚至提议由他领兵万人作为先驱。陈子昂少年时曾习武多年，后来又熟读经义典籍，可谓能文能武。如果武攸宜能采纳他的建议，或许唐军大败之势可以逆转。

唐军的大败并没有改变武攸宜的自大，反而使他恼羞成怒。武攸宜以陈子昂不过一介书生为理由，不仅将他的提议全盘否决，甚至还将陈子昂降了职。陈子昂的心如被推入万丈冰窟，他只觉胸中郁结越积越深。

就是在这种情况下，陈子昂在行军途中，登上了幽州台。

幽州台上，陈子昂怀古感今，胸中悲意终于喷涌而出。幽州台尚在，燕昭王却不见了，取而代之的是重用奸佞、打压贤臣的君主。像陈子昂这样清正刚直而有真才实学的人竟得不到重用，反而屡被排挤；而武攸宜这样的奸佞小人却得了势，占据了朝堂高位。

他昂首向苍天发问，但苍天却和他一同在迷惘中沉默。陈子昂心中默默积攒十余年的失落和绝望在顷刻间决堤，而这样的沉痛终汇集于他的笔尖。

提笔、落笔，即是千古名篇。

虽然只有寥寥二十二字，但每一个字都掷地有声，如雷鸣，如风暴，能令神泣，能使鬼哭。

写就《登幽州台歌》之后，陈子昂随军回到了长安。绝望的他已无仕进之心，于是上书请辞，归隐于家乡蜀川。

但陈子昂命运的坎坷并未因他的归隐而结束。回乡后，他家乡的县令见他家中富裕，便以修建学堂为由向他勒索二十万钱。在陈子昂如数交出之后，贪婪的县令并不满足，反而随便找了个理由让他下了狱。再次遭逢牢狱之灾的陈子昂，最终在忧病之下遗憾离世。

有人说，陈子昂此生未封侯，未拜相，无军功，少政绩，可谓失败落寞至极。

也有人说，陈子昂留下了《登幽州台歌》，如此千古绝唱，远胜过所谓"封侯拜相"。"蜗角虚名，蝇头微利"，所谓功名比之蜗牛的角和苍蝇的头还要微不足道，在文字的力量面前，将它们比作灰尘也不为过。

站在五千年的时间轴上，当时权倾朝野的武攸宜，已灰飞烟灭，成了史册上冰冷的符号。

只有陈子昂，他的一腔热血和满心悲愤，随着《登幽州台歌》一同留存至今、炽热至今。

孟郊：一朝遍览长安花

（公元 751 年—814 年）

一千两百余年前，贞元十二年的春天，四十六岁的孟郊正站在乌泱泱的人群之中，等待第三次应科举试的结果。

孟郊的心情，半是期待，半是害怕。此前他已参加过两次科举考试，但都以落第返乡收场。

四年前，孟郊在第一次应试的过程中，恰遇见了和他同样进京赶考的年轻人韩愈。与他不同的是，韩愈当时年仅二十四岁，正是意气风发的时候，但孟郊已经年逾四十。这两位分别将要在中唐诗坛和中唐文坛上掀起滔天巨浪的才子，刚一见面便觉得相见恨晚，当即将对方引为知己。然而，在这场考试中，韩愈大放异彩，一举中第，孟郊却只能黯然返乡。

孟郊此时的心境，可以从他写下的《落第》一诗中窥见分毫："晓月难为光，愁人难为肠。谁言春物荣，独见叶上霜。雕鹗失势病，鹪鹩假翼翔。弃置复弃置，情如刀剑伤。"放榜时正值春日，正是草木葳蕤、万物欣欣之时，然而孟郊却成了满目春晖之中的一抹"叶上霜"。鹪鹩是一种小鸟，而雕鹗则是猛禽。唐代科举之中，除了诗歌才能，考生的名气声望，甚至是家族门第也可能影响科举结果。故而不少出身高门望族却无真才实学的"鹪鹩"做了进士，而孟郊这样出身贫寒却才高八斗的"雕鹗"反而失了势。

金榜前，不少登科学子欢呼雀跃，孟郊却只能独自穿越热闹非常的人群，收拾所剩无几的银钱，狼狈地回到家乡。家中老母日渐年迈，幼儿也逐渐长大，自己却难以让家人们过上更好的日子。思及此，孟郊的心如被刀割、被剑刺一般哀伤。

第一次落第时，孟郊虽然悲痛失落，但并未放弃希望。恰在此时，初及第的韩愈对困境中的孟郊施以了援手。韩愈为了帮助这位忘年之交走上仕途，一有机会便向周围人推介孟郊，加之孟郊的诗才确实出众，多重作用之下，孟郊诗名日盛。

不久后，已经小有名气的孟郊满怀希望地第二次来到长安，赴第二次试。

每次参与科举，孟郊都需要在长安住上小半年。长安多豪富，每当孟郊走在长安街道上，都能隐隐听到高阁之上传来的笙歌乐音，而他却只能在阵阵朔风之中暗自垂泪，连避风取暖之所也难以觅得，加之他离乡万里，悲凉更甚。他曾在《长安道》中写道"家家朱门开，得见不可入"，豪富人家的府邸都敞开着朱红色的大门，然而孟郊的世界与那朱红大门之间仿佛隔着无法逾越的鸿沟。孟郊的世界中没有暖香醉人的奢靡，只有苍青色的天空和凛冽的寒风。他曾在诗中描述过自己的困境——冬日里白昼极为短暂，而寒夜又极其难熬。为了取暖，他只能敲石取火，可惜"敲石不得火"，最终他只能在寒冷中半是自嘲半是无奈地吟成了一首《苦寒吟》。

孟郊已经四十多岁，他急于改变命运，让家人过上更好的日子，所以比年轻人更加期盼能得以登科入仕。我们也可以想见，当孟郊看见他的名字依旧没有被誊写在金榜之上时，心情该是如何绝望。

这次落第之后，孟郊写下了一首《再下第》："一夕九起嗟，梦短不到家。两度长安陌，空将泪见花。"孟郊仰望着那张金榜，如仰望难以翻越的高山，那金榜似近在他的眼前，又像是悬于天边。对及第的渴望逐渐被绝望替代，他已经渐渐放弃了通过登科入仕来改变命运的希望。漂泊日久，孟郊身为游子，只觉归心似箭。此时的他已经打算从此回乡，不再科举，今后一边奉养老母，一边哺育幼儿，就此度过残生。

但是孟郊的母亲没有同意。这位坚强的母亲，在孟郊人生最困苦的时候、在他心中满是退缩念头的时候，做了他的精神支柱。

"落第了，那就再考。落第两次就心生退意，算什么男子汉？"孟母反复劝说、激励孟郊。终于在数年后，四十六岁的孟郊再一次起程进京，第三次参加科考。

殿试多在春天举行，故称春闱。幸好，贞元十二年的春闱没有辜负孟郊的等待和煎熬。当他在榜前寻找许久，终于在金榜上见到"孟郊"二字时，心中所有的阴霾都烟消云散了，取而代之的是满心的欢欣骄傲。这次科举的胜利，成了他凄苦灰暗的人生中不多的亮色。

"昔日龌龊不足夸，今朝放荡思无涯。"

过去的坎坷都已经消散，今日我金榜题名，欢喜情丝如春风一般飞扬。

此处的"龌龊"并不解释为人品卑劣或者肮脏丑恶，而应指向人生处境，其实际含义应当是"困顿贫苦"。

孟郊人生的前四十年确实称得上是"龌龊"。读者在阅读前文时可能有个疑惑，那就是为何韩愈二十四岁就能参加进士考试，而孟郊直到四十二岁才初次应试。其实，古代科举考试并不是像如今一样，提交报名材料就能参加考试。在古代，正式参加最后的进士科考试之前，考生还要进行一系列考试来获取考试资格。而这个资格，孟郊到四十二岁时才获得。

在全力以赴准备考取功名以前，孟郊一直过着四处漂泊的日子。

孟郊的父亲是一名小吏，可惜俸禄微薄，孟郊一家食不果腹，几乎到了揭不开锅的地步。后来孟郊的父亲早逝，养育孟郊兄弟三人的重任落到了孟母的肩头。雪上加霜的是，彼时唐朝正值安史之乱时期，孟母带着三个儿子四处逃难，其中困顿实在令人难以想象。

在这种情况下，孟郊成年后就离家隐居，做了许多年的"游子"。在孟郊隐居期间，他过着相对潇洒快意的日子，但依旧十分清贫。加之当时社会混乱，各地藩镇势力像一个个小诸侯国一样各自为政，所以许多地方失去了国家的统一管理。在这种情况下，孟郊的生活就可想而知了。

但这一切都因为孟郊考中进士而改变了。古时候，读书人的出路虽然很多，比如可以在衙门做小吏，也可以给文武官员做幕僚参谋，但是真要改变命运，还是只有通过科举入仕才有可能实现。

孟郊看到自己榜上有名时，心中的欣慰快意冲破了重重冰霜。"雕鹗"终得振翅，孟郊也不用再对花垂泪。若说孟郊的人生如冬日的苍青色天空，此时科举及第，就是冲破坚冰冻土的春日和风。

"春风得意马蹄疾，一日看尽长安花。"

诗人昂首纵马，游于长安。殿试放榜之时，长安也被明媚的春意填满。长安何其大，花又何其多，寻常人怎么能"一日看尽"呢？

但是孟郊能，一个新科进士能。他的眼界仿佛凌驾于长安之上，俯瞰唐都春意；又仿佛，贞元十二年的花皆是为了庆贺他否极泰来而盛放的。

一日看尽的，不仅是长安的花，更是登科的快意，是对未来无限的畅想。

　　多年寒窗的艰难困苦已成过去，即使孟郊已不算年轻，但他仍满怀实现理想的期望。及第后，孟郊一扫《落第》和《再下第》中的悲痛郁结之气，一句"一日看尽长安花"，可见当时的孟郊心中，只余守得云开见月明的欢喜。

　　可惜孟郊人生的底色仍是晦暗无光的，即使考中进士给他带来了一丝希望，也并未扭转他人生的走向。孟郊在登科后并没有过上理想中的生活。他在朝中没有什么背景，早年认识的韩愈此时也正屡遭排挤。莫说踏进高高的朝堂，孟郊连一个像样的官职都没有。他赋闲在家足足四年，在五十岁时才盼到了溧阳县尉的官职。

　　县尉不仅官职低微，而且还是武职。孟郊对行伍之事一窍不通，怎么可能胜任呢？心灰意懒之下，他整日游玩，不理公务，惹得上司十分愤怒，本就微薄的俸禄也被削减了。

　　孟郊晚年，不仅生活贫苦，还经历了丧母之痛和三度的丧子之痛，最后独自一人在无尽悲凉中去世。他死后，还是靠亲友相助才得以安葬。如此才子竟有如此凄凉晚景，实在令人唏嘘不已。

　　孟郊于仕途上并无建树，但却是中唐诗坛不可或缺的一位才子。他或许不能称得上是"诗歌天才"，因为他的诗才并不是与生俱来的，而是在苦难的一生中经千锤百炼而来。无论是《落第》

《再下第》《苦寒吟》《登科后》还是他其他的诗作，诗中都饱含动人的情感，令人真切地感觉到，数十字的诗背后，站着一个鲜活的诗人。

孟郊的一生以凄苦为基调。当我们立足于千余年前的唐朝，当我们通过孟郊的眼探究他的回忆和前路时，我们会发觉，他的一生犹如无边黑夜，而他就在如此黑夜中艰难跋涉。他四十六岁时的那次金榜题名，如划破黑暗的明媚阳光，即使短暂，却耀眼非常。

纵使仕途惨败，纵使一生凄苦，一首《登科后》，足以让他的潇洒快意在历史上永久定格。

千年来歌舞声歇，宫阙成灰，然那位缓带轻裘的新科进士，依旧在贞元十二年的长安春陌上纵马看花，书写着无尽快意。

贾岛：诗奴非奴

（公元779年—843年）

诗，是贾岛一生不变的信仰。

其他人或称诗仙，或称诗鬼，他们都是纵笔即能写下千古名句的能人。诗于他们来说，或许只是一种高雅的乐趣。

但贾岛写诗，心无旁骛。提起笔来，他的身心都醉于其中。这样的沉醉甚至能让他忘却自身，以及周遭事物的存在。诗对于贾岛来说，不仅是事业，甚至胜过他的生命。

贾岛生逢乱世。不仅如此，他还身在乱世的震中。安史之乱后，他出生在安禄山起兵地范阳，尽管他出生时安史之乱已经平息十几年，但此地仍与唐朝隔绝，是个复杂且危险的地方。

因为此地实在太乱，贾岛人生前十几年就像个谜一样，无法探寻。我们只知道，在我们认识贾岛此人时，他已经是个剃度出家的僧人了。

相传，只是相传，他是因为考不中进士而被迫出家的。当时没有针对失业知识青年的社会福利制度，所以本就没什么收入来源的贾岛过得有多难，就可以想见了。也许，他甚至比中举前的范进还要再惨一些。

实际上，出家后，贾岛也只是能保证自己不饿死而已。介绍别人的生平时，我也许会说某某一生坎坷浮沉，但贾岛不一样，他是扎扎实实穷了一辈子，连"浮沉"中的"浮"都没有。谁见了他的故事，都得感叹一声倒霉。

贾岛法名无本，在一段时间里，他在禅房过着孤独而清苦的生活。从某种意义上说，出家对他来说不算坏事。禅房幽谧，他可以什么都不想，只需专心想下句诗怎么下笔就好，时间的流逝也可以被他忽略。

两句三年得的功，贾岛的禅房必须占一份。

他那无法被任何人复制的诗风，就生长在禅房里。

但同时，这座禅房也让贾岛的性格越发孤僻，除了特别交心的人外，他的朋友很少很少。就算有，也是脱离凡尘的逸士。

爱热闹的诗人词人非常多，苏轼就是其中典型。我常感觉，与苏轼同时期的文人，生平简介里都得加上一句"曾与苏轼愉快唱和"或"被苏轼起过外号"才好，再不济也得目睹过苏轼发明一两道菜才行。

至于贾岛，与他关系好的文人掰着手指就能数完。

其中对贾岛影响最大的，要数一生浮浮沉沉的韩愈先生。

遇见韩愈，是在贾岛还未还俗时。

那时的贾岛沉浸在写诗的世界里无法自拔。瘦弱的他穿着一身僧袍，像醉酒一般，骑着小毛驴到处乱晃。这一晃，就晃进了当时尚且官运亨通的韩愈先生的仪仗队。此时韩愈担任京兆尹，算是京中大官。

逮住他的大兵非常嚣张。也不怪那位大兵，撞进人家仪仗队确实是个罪。但韩愈先生却非常和蔼，他好奇地询问贾岛到底在想些什么。

贾岛这才从沉思中回过神来。他当时有些害怕，但仍如实回答："啊，我写诗卡词了啊。"

韩愈一时被震惊到了。这位看起来又瘦又悲、十分可怜的僧人，竟然是位读书人。

然后，贾岛就这样顺其自然地和韩愈聊了一下午诗歌，就像坐在他对面的不是百代文宗，而是一位平常老友。

事实证明，遇到韩愈确实耗费了贾岛过多的运气。大多时候，他都背到令人心疼。

在撞进韩愈的仪仗队之前，他还撞进过另一位官员的仪仗队。当时，他正琢磨着"落叶满长安"的上一句该怎么写，几个大兵就已经把他架到了骂骂咧咧的刘栖楚眼前。巧的是，此时的刘栖楚也任京兆尹。

贾岛当即灵机一动，不如就写作"秋风生渭水"好了。当然，这句诗，他是一边挨板子一边念出来的。

需要声明的是，刘栖楚倒并不是个仗势欺人的大恶人。相反，这位刘大人是出了名的依法执政倡导者，别人不敢抓去大牢的权贵，他全都敢抓，一个都逃不掉。所以，他任职整肃过的地方，风清气正，人们自然都遵纪守法。

刘栖楚是个公正且勇敢的人，是值得人尊敬的。尽管韩夫子崇尚古道，认为应该用更宽容的态度对待一个瞎晃悠的才子，但在刘大人眼里，管你是不是个读书人，是不是即将写下千古名句，在我这儿，你就是个违法的普通公民。

至于谁对谁错，谁做得更好，又岂能轻率定论呢？

不管怎么说，遇到韩愈，实在是贾岛人品爆发了。

贾岛并没有做很长时间的僧人，或者说，他根本就没打算认真学习佛法。但不知不觉中，佛教里的智慧早就与他宁静的灵魂以及空灵的诗文相连。僧袍的有无，只是一种形式而已。

遇到韩愈后不久，贾岛毅然脱下僧袍，决心像韩愈一样入仕。有韩愈的提携，他虽对人情世故一窍不通，但也不至于在官场混得太惨。

然而，就在贾岛这个倒霉蛋离官场只有一点点距离的时候，韩愈先生却因为上书批评佛骨而被贬去岭南了。

够背吗？您说够背吗？

对贾岛来说，科场和官场无疑是他的两个噩梦。当然，以他的诗风和性格来说，他本身就是个官运绝缘体。

最后，他终于成了一个十八线小官，还因为性格太过孤僻被排挤，被贬成了长江主簿。这个官职已经低到再想贬都没法贬了，因此说，贾岛的仕途不可谓不惨。

贾岛在任上的政绩已经不可考，很可能是记录者认为这都可以忽略不计了。

在官场底层做了几年小官之后，贾岛就染病去世了。

但令贾岛没想到的是，他和陶渊明等很多人一样，生前名声不扬，死后却成了人们心中的偶像。后世文人对贾岛的崇拜，甚至已经到了把他供起来上香下拜的地步。

也有很多文人企图模仿他的诗风，但写出来的大多不伦不类，只能沦为人们的笑料。

贾岛唯一的徒弟曹松，跟着贾岛学习多年，即使学到了师父诗里的寂，也学不出贾岛诗里的怪。

贾岛的经历、心境，都无法被复制。

真正的贾岛，就那么一个。

值得一提的是，这位徒弟，曹松，就是那位写出了"凭君莫话封侯事，一将功成万骨枯"的诗人。也许是受了贾岛的影响，他和他的师父一样屡试不第，仕途经历非常惨。

曹松从师的目的与韩愈所倡导的古道应该差不了多少。这位老师，没有高官，没有厚禄，对他的仕途一点帮助都没有。

曹松愿意拜师的原因，大抵应是贾岛有他自己独特的人格魅力。

贾岛身处风云诡谲的中晚唐。他身外的世界风云变幻，中晚唐的洪流不停歇地翻滚、冲刷，但贾岛只需一纸、一笔，就能置身于尘嚣滚滚的世界之外。

诗里，是他的另一个世界。

贾岛一生贫苦艰辛，下笔即是凄寒苦楚，人言其诗其人如奴。其实提着笔的那人，也许倒并不觉得是有多大的苦的。

有一件可以寄托一生的事，终归是一种至深的幸福。

温庭筠：八叉公子的爱恨情仇

（约公元 801 年—866 年）

温庭筠雅号温八叉。

传闻他一叉手就能写诗一句，叉八下手，一首诗就成了，实现了诗句的大规模量产，作诗效率直逼七步成诗的曹子建。

但是虽然温庭筠的诗才强得无法无天，这辈子过得仍也是坎坎坷坷。

甚至说，惨得过分。

事实上吧，他的祖上温彦博是做过宰相的。虽然说到他这一辈已经只剩下个宰相后人的名头了，但祖宗传下来的读书做官的执念是永远都不会变的。

先辈毕竟是宰相，后辈要是去种田做生意，面子上到底还是不大好看的啊。

而小温同学少年时还真像个读书做官的料，不仅有个什么都背得下来的好脑子，还写得一手漂亮文章。

唯一的缺憾是没有一张白净书生的俊秀面庞，甚至还长成了惨案现场。

但是温公子早年意气风发，虽然说外形上差了点，但这并不能阻止他与当时的各大高干子弟成为好兄弟。

一众兄弟中，和小温交情最深的无疑是他的发小段成式。

两人文风相似，才华相似，还有两个同样是好哥们儿的父亲。

温段两人小时候一块读书，长大又一块游山玩水，甚至在游历祖国大好河山的时候结识了"大唐少女杀手"李商隐。

三个人手牵手，就是半个晚唐诗坛。

这时候的温庭筠，逍遥乎山川之阿，放旷于人间之世，无忧无虑，快活极了。

但是在二十六岁那年，温庭筠下定决心走出舒适圈，背上行囊，告别兄弟，独自去长安闯荡。

现在普遍认为，他进京的原因是他十分出众的乐才已经征服了当时的太子李永。

这条大腿又粗又壮，看起来安稳无比。但事实证明，东宫就是辆实打实的黑车。温庭筠结识太子，属实是倒了血霉。

晚唐，一个完全没有太平可言的时代。宫廷、朝堂、地方，没有哪里是绝对安全的。这个时候，大部分皇帝的脑子不大好使，而宦官外戚奸佞小人等一系列蛀虫迅速攻占朝堂，什么小丑都能来一展风采。

相应地，宫廷内战也十分激烈。储君对于温庭筠这样的小音乐家来说，也许是高不可攀的存在，但在皇室高层眼里，太子却是个极高危职业，不知道哪天人就没了。

不久后，李永还真就没了。

原因是宠妃杨贤妃的谗害。

本来李永过世对温庭筠的仕途并不会有太大影响，但是偏偏唐文宗在太子郁郁而终之后后悔了。

但是文宗是天子，他后悔了，总不能把这事儿怪在自己身上吧。

所以东宫里的宫女太监被屠了一大批，温庭筠倒是没被抓去殉葬，只是这件事直接导致了温庭筠首次科考落榜。

长安米贵，落榜的温庭筠没法在京中久住，只得搬去鄠郊，既是因为住不下去，也是为了避祸。

无奈之时，温庭筠脑中忽然灵光一闪，我怎么忘了，我小时候一块放风筝的小伙伴李绅，好像就住在此地啊。

提起李绅，大家可能不太熟悉，但若提起李绅所作的《悯农》，想必大家就能记起李绅这号人物了。

现在小伙伴已经小有成就，说不准能帮衬自己一下。

他连忙去拜访李绅，但是李绅冷漠地关上了门。倒不是因为怕被温庭筠牵连，而是温庭筠的名声实在是太臭了。

说起来，这名声臭的原因，温庭筠本人必须背全责。

温庭筠二十四五岁的时候曾去拜访过亲戚姚勖。姚勖见他虽然奇丑无比，但是才高八斗，写诗作词都精美无比，就给了他一笔助学金，希望他认真学习，天天向上。

但是我们的温公子真会去囊萤映雪、目不窥园地学习吗？

答案是否定的。

他甚至把助学金全部挥霍在了吃喝玩乐上。

这把姚勖气得七窍生烟，温庭筠不务正业的臭名声立马传开了，他成了众人眼中的混混。

温庭筠也许还很迷惑，为什么他这样做是不对的。

他喜欢，所以他这么做了，难道这有什么问题吗？

这件事看起来像结束了，但事实上还有后续。温庭筠有个溺爱弟弟的姐姐，后来在拜访姚勖时痛斥他毁了弟弟的名声。

姚勖心里应该有很多问号。

出钱的是我，挥霍钱财的是您弟弟，我怎么反就挨骂了呢？

但是这位女士理不直气也壮，姚勖最终无奈妥协，向她道歉。

所以说，温庭筠没有好名声是必然的。但还好，他本人并不太在乎别人怎么看他。

温庭筠在鄠郊待了数年，才在确保安全的前提下再次入京赶考。

也是再次向世人展示，如何正确避免被阅卷老师青睐。

来到长安之后，温庭筠和一帮纨绔子弟过着逍遥自在的日子，填了不少好词。

当然，词是好的，这没的说。但在当时的儒士眼里，这些艳词就是他道德败坏的证据。

温庭筠的自在和在婉约词上极高的造诣，都被那群人定性为"尘杂"。

当然，温庭筠也没辜负儒士们的期望。因为有作弊前科，他被安排在一个单独的小隔间考试，但是温公子还是凭实力帮九个人写了九篇毫无作弊痕迹的考场作文。

他的朋友倒是越来越多，但是这也让他越来越不为上层社会所容纳。

要注意的是，温庭筠的一众好兄弟中，有一位就是宰相家最不听话的儿子令狐滈。

而令狐滈的爷爷就是李商隐的老师令狐楚，而他的父亲就是李商隐曾经的好友令狐绹。

可惜的是，令狐家属于影响甚广的牛李党争中的牛党，而李商隐的岳父王茂元则被判为李党，所以李商隐与令狐绹的关系最终破裂，而李商隐也因为夹在两党中间做了牛李党争的炮灰。

温庭筠和李商隐的关系亲密，但这并没有阻碍他的才华被令狐绹发现。

唐宣宗是个非常喜欢精美小词的皇帝，令狐绹身为皇帝最亲近的宰相，当然要与皇上诗词唱和，互相引为知己。

但令狐绹偏偏就是吃了没文化的亏。

于是令狐绹连忙找到温庭筠，请他帮忙写几首好词，至少别让他在皇帝面前出糗。

温庭筠邪魅一笑，这有何难？

他小手一叉，二十首菩萨蛮当即问世。大家熟知的"小山重叠金明灭，鬓云欲度香腮雪"就来自这批菩萨蛮。

令狐绹当时开心极了，连忙把这些绝妙好词呈给皇上。宣宗果然龙颜大悦。

皇帝是开心了，但温庭筠却觉得这让他糟心极了。唐朝没有知识产权，权力永远大于权利。这样一来，就没人知道这些好词是他温庭筠写的了。

所以，虽然令狐绹叮嘱他万万不得泄露自己作弊的事，温庭筠却勇敢出击，公开此事，让当朝宰相脸上无光。

小温甚至还能做得更绝。

某天令狐绹向他讨教词中的典故，这对于一个平民百姓来说，可是十分长脸的事情。

但是温庭筠轻蔑一笑，缓缓解释此典出自《南华经》，也就是《庄子》第二篇，随即揶揄令狐绹在公务之余应提升行政能力。

他评价令狐绹"中书堂上坐将军"，意思就是您做上了宰相又如何，不还是个不学无术的老匹夫。

令狐绹气得恨不得手撕这个不懂事的年轻人，于是立刻就向皇帝进言，温庭筠又蠢又坏，万万不能大用。

事实上这些嚣张的事很多人年轻时都干过，一个很典型的代表是欧阳修，他年轻的时候也没事儿就写信打人家脸，把朝堂得罪了个遍。

但是，其中的大多数最后还是能在现实的巴掌下痛定思痛，积极认错，回归成为一个懂事的好官员。

但温庭筠偏不。

他即使是在反思得罪令狐绹这件事时，也只是酸不溜秋地说"因知此恨人多积，悔读南华第二篇"，直接把错全堆在嫉贤妒能的令狐绹身上。

他对自己的行为有着不可动摇的自信。侵犯版权活该被公开，不学无术活该挨骂，布衣又如何？宰相又如何？

所以说，温庭筠此时还是个孩子，事实上，他一辈子都是孩子。他长不大，不懂得那些弯弯绕绕。

但温庭筠其实很幸运，他太能作了，作到连步入中央官场的机会都给作没了，因此他虽然穷困潦倒半辈子，却也幸运地远离了某些危险。

至少，他这辈子，没进大牢面壁，也没去边疆吃灰。

但是他的境遇也好不到哪去。

得罪完宰相，温庭筠又干了件大事。

他惹毛了皇帝。

话说这天宣宗微服私访，在茶馆偶遇了温庭筠。偏偏温庭筠是个脸盲，愣是没认出这就是曾经见过的皇帝，只是觉得眼熟而已。

于是，温庭筠开始一顿瞎猜，从王侯公卿到庶民乞儿，除皇帝以外，全蒙了一遍。

宣宗气炸了，拂袖而去。

宣宗到底不是令狐绹，这次的事情被他定性为辱骂皇帝，为此，温庭筠彻底失去了长安居留权。

五十一岁那年，他被迫在扬子院乞讨，被一个小兵欺辱，把他揍了一顿。温庭筠非常委屈，请令狐绹处置那个士兵。

但令狐绹能管他才有鬼。

温庭筠的抗议不仅没有效果，还被这个连名字都不配留下的兵倒打一耙，甚至流言还传到了京城。

温庭筠跑到京城，拜访了很多大官，但是大部分人不大理他，或不屑，或不敢。

直到五十三岁那年，他才被人推荐做了个从六品的中央官员。

这看起来没什么大不了，但重要的是，他终于有机会主持科举考试了。

科举考试的恶臭，他恨了一辈子，现在终于能伸张正义，让清新的空气吹进腐烂的官场了。

于是，那些针砭时弊、言辞激烈而且文采飞扬的好文章被温庭筠发现，而那些高官权贵家养的废物都落了榜。

长安城内人人叫好，除了朱门大院内气得发抖的大唐高管。

爽是爽了，但后果还得温庭筠自己背。

在生命的末尾，他被贬去了方城，河南的一个小县城，并不算很艰苦，但是，对于年近花甲才步入中央的温庭筠来说，是致命的打击。

现在普遍认为，一年以后，温庭筠去世于方城。

温庭筠这一辈子没有被任何东西束缚。

礼法、功名，甚至道德。

他不敬帝皇，吃喝玩乐，替人作弊，他想做的、他愿意做的，没有人能阻止。

但是他可爱。

他的朋友都很喜欢他，无论是段成式、长安贵公子们，还是传说中的鱼玄机，都与他真诚相交，即使他并不是个风度翩翩的美少年。

也许是皮囊背后的灵魂太过灼热，让人忽视了他奇丑的样貌和潦倒的处境。

　　中国文坛几千年，中规中矩的大儒太多了。很多人为了或致君尧舜上或封官加爵忙碌操劳了一辈子。而温庭筠就是个一辈子都没长大的孩子，学不会道德大义，学不会家国功名。

　　…………

　　蝇头微利，蜗角虚名，哪比得上我快活重要。

　　这辈子让我不爽的人和事太多太多了。

　　但我活得痛快。

欧阳修：曾是洛阳花下客

(公元 1007 年—1072 年)

天圣八年，欧阳修起程前往西京洛阳。

他将在洛阳任西京留守推官，这是他的第一份官职。高中二甲第十四名，迎娶恩师的女儿胥氏，此时的欧阳修，正是春风得意。更值一提的是，他即将在钱惟演的幕下任职，而钱惟演，是一位对文士宽和到近乎纵容的好上司。

欧阳修此时，心无重重愁思，其心中所怀，只有无限的快意与重兴古文的理想。

欧阳修与古文之间，有宿命般的缘分。欧阳修的父亲虽然也是儒士，但在欧阳修很小的时候就去世了。再者，北宋早期，靡丽文风几乎侵占了文坛的每个角落，而这样的风气，使得一个贫穷小孩几乎不可能接触到质朴自然的文章。

但机缘巧合之下，欧阳修遇见了"韩愈"。

这天，欧阳修来同乡李家玩耍。李家藏书颇丰，是一户文化气息浓郁的人家。就在欧阳修玩耍之时，他在李家的一个竹筐里，看到了一本被灰尘覆盖的旧书。

这本书，是《韩昌黎文集》。

捡书时，欧阳修躬下身来，恰似拜师。

一个穷人家的孩子从灰尘里，捡起了退之用一生来扛的古文旗帜。

韩退之未曾想过，自己质朴的文风会在两百多年后被一个贫穷孩子重新点燃，以至于星火燎原，引发北宋文坛的十级地震。

所谓传道、授业、解惑，不需要师徒相称，甚至不需要二人相见，一本竹筐里的《韩昌黎文集》就足矣，这约莫就是文学的神奇之处。

然而，在欧阳修还人微言轻的时候，对古文的热爱反使他在科场上屡屡受挫。

我觉得这是极度可笑的事，科举本是为挑选办事官员而设置的，然其所考察的却是辞藻句式，仿佛多认识几个生僻字就能办好事似的。

幸而，欧阳修受挫之时，遇见了胥偃——他的友人兼老师。

胥偃出生于长沙，也就是当时的潭州。于宋朝来说，他只能算个寻常的文人，但对欧阳修来说，他的存在就非同寻常了。

胥偃是欧阳修与北宋文坛之间的桥梁。他带着年轻的欧阳修拜会文士，参与宴席，一步一步领着出身贫寒的欧阳修走向彼时云蒸霞蔚的文人世界。这个世界的绚丽姿态，一点一点，在这个年少的寒门书生面前展开。

拜师胥偃之后，欧阳修开始学习当时流行的西昆体。

最初我总觉得，欧公学习西昆体是对质朴古文的背叛。我想象中的文坛斗士，应该坚守立场，绝不屈服，直到改变全世界。

但当我把目光从理想拉到欧公当时的视角时，才发觉欧公的选择不但正确，而且是非做不可的，当然也更不能算是屈服。

其实，欧阳修并非不想用朴实简练的文章应试，但在西昆体横行霸道的年代，一个无权无势的穷书生怎么可能有底气挑战西昆体的权威呢？

一方面，欧阳修家贫，他需要尽早金榜题名以尽孝道；另一方面，他想重振古文运动，就必须拥有更大的话语权。而这样的话语权绝不会属于一个科场失意的丧气书生。

所以，欧阳修最终以西昆体考中进士，实属无奈。

但，他的忍耐亦没有白费。

多年后，二十岁的苏轼坐在考场上，挥笔写下了《刑赏忠厚之至论》。没有繁杂的雕饰，没有做作的生字，文章本真之美，水落石出。

欧阳修为其文采震惊之余，当也看见了过去在西昆体潮流之下煎熬的自己。

苏轼能一路坚守质朴的文风，而不被华而不实的文风所折，很大程度上应是欧公一路护航的结果。而这，可能也是当时年轻气盛的苏轼真心敬慕欧公的重要原因。

没有能屈能伸的欧公，何来不用屈伸的后辈？

再者，若欧公只一心学习韩愈文风，那便会成为北宋小韩愈，而不是北宋文坛的举旗手了。欧阳修后来创立阴柔派，并没有全盘承袭韩愈文风的奇险，这才使得宋在文学上能与唐并肩而行，而不是成为唐的追随者。这其中，想是也有胥偃的功劳。

话说欧公在胥偃的指导下，一连夺得监元、解元和省元，四舍五入也算是"连中三元"。

随着成绩一起陡增的，是欧阳修的心气。在最后殿试前，欧阳修提前裁了件新衣裳，想最终夺得状元之后穿上庆祝。

不想，欧阳修的好友王拱辰来探望他时，替他提前试穿了这件新衣，还笑称此是"状元袍"，以表对欧阳修的祝愿。王拱辰此人，论才华，显然比欧阳修要逊色不少，但他的运气却是欧阳修无可比拟的。他与欧阳修同年参加殿试，而欧阳修志在必得的状元桂冠，最终却花落王拱辰手中。王拱辰试穿状元袍，本是玩笑，不想却成了真。

话说，王拱辰与欧阳修还有一层连襟关系。欧阳修的前两任妻子皆病故后，便娶副相薛奎的四女儿为妻，做了薛奎的四女婿。

而此时的王拱辰恰是薛奎的三女婿，也就是欧阳修的连襟。后来这位王夫人香消玉殒，王拱辰又娶了她的幼妹，也就是薛奎的五女儿为妻。

欧阳修还把这段奇妙的关系打趣为"旧女婿为新女婿，大姨父作小姨父"。

然而，纵使两人有着紧密的姻亲关系，政治关系却也并不算亲密。王拱辰反对庆历新政，曾上书弹劾范仲淹及滕子京，而欧阳修恰又是范夫子的狂热粉丝，这也使得两人在政治这条路上终难同行。

话说欧阳修高中后不久，就被任命为西京留守推官，起程赶赴一个似与他缘定三生的城市——洛阳。

他的少年意气、他的高远抱负，甚至他的狂妄肆意，皆在这座风流古都自由盛放。

那个年少的欧阳修，醉卧在大片大片的牡丹花下，手中酒樽倾覆，眼前舞姬轻跃，身边散落着墨汁未干的诗稿。

开头已提到，欧阳修在洛阳时，是在钱惟演的幕下任职，巧的是，他恰是用钱惟演提倡的西昆体考中进士。于是，自然而然，他成了钱惟演宴上的常客。

传闻一次宴席上，其余宾客都到得整整齐齐了，唯独缺了欧阳修。钱惟演也不急不恼。等到欧阳修牵着美人匆匆赶到现场，众人方知他是为美人寻簪子而耽误了时间。

欧阳修年少的风流由此可见一斑。而钱惟演对文士包容至此，亦传为佳话。

欧阳修一生的挚友大多在这段时间结识，如与他一同遭贬的尹洙，还有与他一同养老的梅尧臣。这帮年轻人在钱惟演幕下饮酒赋诗，一笔一笔，勾画与奠定起北宋时的文士风骨。

说来尴尬，就是这群在钱惟演的包容下自由成长的年轻文人，在未来却又恰把他所代言的西昆体一拳撂倒，然后纷纷投身古文运动，让钱惟演在北宋文坛的地位轰然倒塌，猝不及防如自由落体一般，直线下坠。

不过，不得不说钱惟演，还是为北宋文坛革新立下了大功。

欧阳修在洛阳待了仅仅四年，但这四年，无疑给了他人生中最难忘却的记忆。

1034年，范仲淹因弹劾吕夷简而遭到贬谪。身为忠实范粉的欧阳修十分恼怒，挥笔写下《与高司谏书》，把诋毁范仲淹的高若讷骂得狗血淋头。其言辞之犀利，让高若讷暴跳如雷。他愤怒地把欧阳修指为范仲淹的"朋党"，而结党营私，在当时可是罪不可赦的。

欧阳修被贬去了夷陵，也就是现在的宜昌，而且一待就是六年。直到后来范仲淹和吕夷简和解，被贬的一众君子才一同被拉回中央。

回到中央后，欧阳修又充分展示了自己的嘴炮功力。他先激烈批评退休之后还干预朝政的吕夷简，又不断向仁宗花式夸奖范夫子。不仅如此，他还参与了庆历新政，和范夫子一同主张改革。政敌们恼羞成怒，把庆历新政的支持者们一律指为了朋党。

不想这次，欧阳修毫无惧意，甚至有些小兴奋：我们既然被说成范仲淹的朋党，四舍五入，那就是自己与偶像并肩了嘛！他立马铺纸写下《朋党论》，把一众政敌狠狠驳斥了一遍。

他说，咱们君子也有党，小人也有党，但小人结党那是谋私利，咱们不一样，咱们君子那是同道而相益。

字字珠玑，句句铿锵，可，改变不了他又要被贬的命运。因为他的上司仁宗没有相信他的辩解。

庆历四年的深秋，庆历新政垮了，绝大多数政策如科举改革等皆已失效，这是欧阳修的政治理想所经历过的最严重的地震之一。我们难以想象，一个意气风发的年轻人，被理想的高台拉到活生生的现实面前时，会是怎样的悲痛。

第二年，他起程前往滁州。

欧阳修离开洛阳已逾十年，这十年他经历了太多太多。可以说是磨砺，也可以说是磨难，无论怎样，庆历新政失败后的欧阳修，都不再是过往那个会为美人寻簪的轻狂少年了。

他看见，滁州澄澈的小溪，映照着他两鬓的斑白。他觉得此景似曾相识，只不过上次见着的鬓边的白，是在友人席间，是仲春时的杨花无意飘落他的发间，樽中清酒映着，鬓边杨花胜似雪；而这次，却是青丝，真真实实地白成华发了。

他忽然感觉自己老了，就像西湖春末，狼藉残红，落花散乱。

他写下了《醉翁亭记》。

少年老去，醉意仍在，诗意犹存。

他是洛阳的公子，也是滁州的老翁。洛阳是他的春，滁州是他的秋。他的身上没有年华凋零的衰败之感，好似时光流逝，容颜老去，只是美与诗意在他身上的变幻，少时激昂，老而沉静，如此而已。

欧阳修一走即是九年，直到九年之后，他才再次回到东京，回到已是物是人非的汴梁。此时，庆历新政已经只是文人偶尔谈起的旧事，范夫子也在两年前病逝于徐州。

但欧阳修锐气不减。庆历新政败了，古文运动还正当时；范夫子走了，科举改革的大旗我也能扛。

欧阳修此次回京，可谓战绩辉煌。他做了礼部主考官，也由此成了全国公务员考生的风向标。他大手一挥，唐宋八大家中的五位皆在此时考中进士。他提倡的古朴文风，引起士人群起效仿，遂使北宋文坛上下一新。

欧阳修的仕途也并没止步于此。他由枢密副使一路官拜副相，与名士韩琦、富弼一块，站到了朝堂的最前台。这几个人，也为北宋带来了最安稳的几年。

但世事易变，好景难长。仁宗去世，其养子英宗登场，随之而来的就是著名的濮议之争，即英宗的生父到底是该称作皇伯还是皇考。群臣因此事争论不休，故而分为两派。欧阳修也在无休止的争论中心灰意冷。这样的争斗，或许比庆历新政的失败更使他痛苦。

而数年之后，另一件事也给欧阳修带来了极大打击。他的小舅子薛宗孺大肆造谣，说欧阳修与儿媳吴氏暧昧。虽然因为欧阳修所娶的薛夫人管家很严，当时在位的神宗并未相信，但谣言对人的伤害岂止在其真假？就算谣言被澄清，对人声名的伤害却是毁灭性的，终究难以复原。

欧阳修的政治理想在此时已被重重洪流消磨殆尽。欧阳修拖着疲惫的身躯走出了奋斗大半生的汴京，不久改号"六一居士"，打算在琴酒山水之中寄托余生。

离京不久，他恍然想起，自己曾和梅尧臣相约终老颍州。他便多次上书请求致仕，才予以获准。

只是梅尧臣早在十年前就病逝于京城，终难赴颍州终老之约。

前往颍州的，只是孤身一人的欧公。

欧公生命的最后一年，是在颖州度过的。他与人同游，有时仍能赋诗弹琴，有时却也乘兴独往，恍惚间，似乎还是四十年前的那个洛阳花下客。

　　欧阳修的一生可谓是历经坎坷，但总的来说，他还是比古时大多文人幸运。因为他生在文人世界极度繁华的北宋；因为他一生大多数时候都与友相伴，纵然屡遭贬谪，却也从未孤独；因为他在暮年，仍能在山水之中寻得一方净土。

　　如此终结，似乎也算得一种圆满。

苏轼：此间唯有子瞻耳

（公元 1037 年—1101 年）

月悬风急，大江东去。

江边有位正值壮年却满头白发的诗人，闭目倚杖，听着江声。

直到此刻，他才终于卸下年少时的轻狂，暂时卸下致君尧舜的理想，深刻理解了何为"用之可行，舍之可藏"。然而，他终无法如其友参寥子，做个轻松的闲云野鹤，也终无法如自己所说的一样江海寄余生。

他叫苏轼，字子瞻，又字和仲。他的一生徘徊在仕与隐之间，一生宦海沉浮仕途不顺，却也一生未走出仕途。

或许是因为他的骨子里信的是儒学。儒生的理想，是做个清官，赢取功名，辅佐君王。然而他生于北宋，生于一个令人叹息的繁盛朝代，又在最年轻气盛之时遇到熙宁变法，遇到拗相公王安石，彼时他正不惜一切代价地清理官员。多重作用之下，子瞻难得重用是必然的。

事实上，子瞻也曾承认新法的利，但他仍多次上书反对新法。新法推动过快过急，当现实载不起王安石与神宗高远的理想时，所谓利民之法便会变成百姓身上难以承受的重负。

当一个合格儒生遇到新政策，第一时间想到的，一定是天下苍生，而非是否符合自己一派的利益。这是子瞻受到的教育，也是他一生的信条。

此处不得不谈一谈争议颇多的新法。新法中虽然有强制贷款等内容，如青苗法。也有许多有益内容触动阶级之间的隔膜，有财富多者多劳此类内容，对旧政策有很好的改良。所以这直接触动了处于大地主阶级的士大夫的利益，这其中包含韩琦、富弼等在北宋政坛极有话语权的人物。所以新法想要长久，就必须循序渐进。

在对新法的态度之中，苏轼表现出了他心忧百姓的一面。他嘲笑农民因青苗法四处奔波，农家的孩子都已学会城里的口音。

之后，大奸臣李定主导的乌台诗案出场。苏轼的许多诗词被挖出来上交，连"还需地下问盘龙"这样的打油诗都能被说成地下盘龙和皇帝天龙相抵触。若非曹太后、王安石等人倾力相救，恐怕苏轼极难幸免于难。

天将降大任于是人也，必先苦其心志，劳其筋骨。乌台诗案，是苏轼重生成为苏东坡的第一步。

之后他被贬到黄州，一个荒凉偏僻的城市。此时的他初经乌台诗案，如从高台跌落，身心俱疲。故而曾写下"谁见幽人独往来，缥缈孤鸿影"这样颓丧的词句。文采之美仍旧动人心弦，然而其中的悲意似乎与我们记忆中旷达的苏轼形象大相径庭。

黄州这样的孤寂小城，经常带着一种难言的禅意。在黄州居住的数年里，苏轼浮躁的心开始趋于沉静。

之后他的一个铁杆粉找到了他，此粉名叫马梦得。马梦得的出现对于苏轼来说极为重要，因为他向当地官府为苏轼申请了一块废弃军营地。这块营地位于城东坡地，也是东坡一号的来源。

由此苏轼在劳动量堪比军训的农作之中成功蜕变，成了人们所亲所喜的苏东坡。他在此处写下了绝世之作《念奴娇·赤壁怀古》及前后《赤壁赋》，在去沙湖买地的路上写下《定风波》。连神宗都对他此时的创作赞叹不已，可见其成就之高。

甚至，在东坡北还之后，高太后还曾告知他，让他北还做高官，事实上这是神宗的意思。

后来高太后执政，哲宗年幼，旧党得势。当初砸缸的那位在洛阳写完《资治通鉴》之后，重归相位。而东坡也被召北还，一路高升。此时，他的儒生属性再一次爆发，被认作旧党的他频频指责旧党放弃新法的不可取之处。

这样的行为确实值得人们称颂，但却伤透司马光等旧党老臣的心。自知难在朝堂立足的东坡自请去了杭州当知州。对苏轼来说，在杭州任职的这段时间也许不算是什么"人生高光时刻",但对杭州百姓来说,苏轼是好官,是维持生活的希望,是灾荒中的救星。彼时杭州大旱与瘟疫齐发,百姓苦不堪言。面对大旱带来的粮食歉收,苏轼向朝廷求来了度牒,并用度牒换取米粮赈灾。这度牒通俗来说,就是僧尼身份证,或者说许可证,由朝廷下发或者贩卖。

而面对疫情,苏轼拿出了一个叫"圣散子方"的特殊药方。这个药方是苏轼被贬黄州之时,他的眉山老友巢谷所赠,不仅对瘟疫有奇效,而且不需要名贵的药材,制作成本很低。这药方成了杭州百姓的救命良药,苏轼在街上派人发放掺了这种药剂的粥,令瘟疫的汹汹之势很快得到缓解。此后,又拨款建立专为穷人治病的"安乐坊",交由僧人管理,并置田获利以保其稳定运营。

在史书上,平凡百姓总是最沉默的群体,为了大局,百姓的幸福乃至生命都可以被轻易舍弃。而苏轼赈灾抗疫的故事,至今已经被很多人淡忘。人们记得他的乌台诗案,也记得他官拜尚书,但少有人提及他救了多少曾被视作草芥的百姓。

但元祐四年的杭州百姓记得,彼时的杭州,家家挂有苏轼的画像,且"饮食必祝"。每次吃上一口热饭,他们都会想起那位救民于水火的苏学士。

后来执掌朝政长达八年的高太后寿终正寝,饱受压迫的哲宗终于翻身做了主人。哲宗是偏心新法的,而此时新党中最可用的官员是苏轼的老友章惇。

章惇与东坡一生相爱相杀，他们过去曾是极为要好的朋友，然而此时竟只剩下了相杀。章惇大手一挥，东坡就被他的掌风拍到岭南。然而这已经无法伤害到东坡，他心中的旷达，已经足以包容这样的挫折。

到达岭南的苏轼的吃货属性瞬间爆发，立刻便对荔枝一见倾心，连别人不要的羊骨头都能做成火烤羊脊。

于是，新晋胖子东坡上火了。某日他得了红眼病，医生严肃地叮嘱他，千万别吃肉。后来吃肉被捉的东坡呵呵一笑，捋了捋胡须，解释道，老夫也不想吃肉，但老夫的嘴不愿意。

没有吃货是哄不好的，但是章惇却大为恼火。他听到东坡的"日啖荔枝三百颗，不辞长作岭南人"之后，不禁气得牙痒。一句瞻和儋挺像的，就让东坡一路远行到了海南岛。

此时的东坡已经十分老了，身边的家人与亲友要么已经去世，要么与他天各一方。他与名叫乌嘴的狗，过着清苦也清闲的日子，直到徽宗时召他北归，他在归途中病逝。

东坡虽老，但他敛不住的光芒一不小心又温暖了儋州，温暖了当时的这片蛮荒之地。在他的指点下，儋州走出了公元960年宋朝开国以来的第一个进士，一个姜姓书生。

他是宋朝难得的隐于朝的好官，一生中通外直，不屑党争，却又难得甘做一个在农田间书写天地的普通人。大江东去，能带走千军万马，能带走旌旗蔽日，却带不走寄蜉蝣于天地的苏东坡。毕竟，这世间敢说自己"上可陪玉皇大帝，下可陪卑田院乞儿"的，这世间不曾埋怨命途坎坷的诗人，唯一子瞻耳。

苏轼 2.0：选择超然

（公元 1037 年—1101 年）

子瞻是一个可以陪伴你很久的人。

领悟他，可能需要很长很长的时间。因为描绘他的诗词文章数不胜数，但后人临摹的子瞻和真实的子瞻总不尽相同。人们在描绘子瞻的过程中，常会不由自主地把属于自己的色彩掺进他原本的样子里。

两年前我曾写过子瞻，如今再翻出来看，我已经不太理解当时所写的内容。

两年来我对他的感受变化许多，但若要问我是否已完全读懂了真实的苏轼，没有。

我很清楚地知道，没有。

但我愿意，为你再次描摹我所认识的子瞻，或者说，我如今认识的子瞻。

我曾觉得子瞻一生洒脱，无拘无束。他像是可以冲破所有苦难，他的快乐没有什么能够摧毁。

但或许并非如此。

他身上充满了束缚，来自道义的，来自亲友的，来自时代和社会的。

作为一个士大夫，尽管他也曾垦过地，插过秧，但他幼时所受的教育就已经决定了他的底色，他将一直是而且也只能是个士大夫。

士大夫，这个职业已经存在一千年了，做什么是该被颂扬的，做什么是该被唾骂的，已经有了比较完善的准则。

选择做上不愧于天、下不愧于地、内不愧于心的君子，他就已经放弃了一定的自由。

他所信奉的道义约束了他一生，他无法忽视内心的尺度与忧虑，无法对百姓之苦视而不见，无法为了头顶的乌纱帽去克制违逆圣颜的冲动。

这种束缚是被刻入骨髓的，是来自子瞻的内心的。换句话说，这是一位君子的自我修养。

而比道义更温热的，是情。

在湖州被捕时，他曾想过投水自尽。有屈子写下"宁溘死以流亡兮"在前，他就算这样结束生命，也不算丢人，甚至可以省去之后的许多狼狈。

但念及家人，他放弃了。

若他死去，他的弟弟子由和其他友人将受到牵连，哭着送他出门的妻子王闰之将独自背负养育三个孩子的重担，家中仆婢也将无处可去。

亲与友的牵绊，也许是每个人都无法摆脱的。这样的牵绊是温暖的束缚。

情之外，他还是个宋朝人，这是他注定无法摆脱的身份。

宋朝是锁住他的枷锁。也许不能说是枷锁，因为只有宋朝能养育出一位苏子瞻，苏子瞻也只属于宋朝。苏子瞻的灵秀，也是宋朝的灵秀。

就比如说熙宁变法，子瞻是几乎经历了变法全过程的人。他见证了王安石在被拜相与被罢相之间的反复横跳，也见证了新法的变化、变质。若没有新法，苏轼也绝不会是苏东坡。

这里绝不仅仅是说，他是因为反对新法而前往黄州，才被磨砺成苏东坡的。而是子瞻在观察宋朝被新法所左右的几十年的过程中，他的思考、他的感受，让他不再只是个单纯的读书人。

今日的长江江水，再也冲不出子瞻见到的那块赤鼻矶。

说到底，子瞻只是个宋朝士大夫。

但和寻常宋朝士大夫不同的是，子瞻的眼光格外清明一些。

也许是受佛道两家影响渐深，子瞻找寻到了一种最纯真的快乐。

重重束缚会让他兴奋、焦虑或痛苦，让他功成名就或受尽磨难，但生活本身不会。

生活，是个美好的词。

荔枝清澈的香味和午醉初醒的惬意，与道义、情感、社会没有一点关系，那是古今不变的快意。

这样的快意，叫作超然。

也就是这样的超然，让他成了林语堂先生口中的快乐男孩。

事实上，无论在黄州、惠州还是儋州，家庭的生活负担，还有他对天下的忧虑，都不会减少多少。要让一个士大夫忘记他的国与家，概率几乎为零。

自始至终，子瞻并没有冲破束缚，而他的这种超然，也不能完全说是因为他的乐观，让他从焦虑和悲哀中挣脱的，是智慧。

他临死前说，若生前每一天都认真度过，那人间就是极乐世界。

何为极乐？

在他看来，也许读一读书逗一逗狗，吃一碗肉喝一瓢酒，再打个饱嗝心满意足地醉倒过去，就算是极乐。

其他乱人心神的烦心事儿，都无法干扰这种快乐。

自由吗？不一定。

但能确定的是，他很可爱。

黄庭坚：醉里簪花倒著冠

（公元 1045 年—1105 年）

有多少人对他的词作不屑一顾，直到被一首词狠狠击中。

"黄花白发相牵挽，付与时人冷眼看。"

一首就够了。

写尽他一生所有的沧桑。

身在群英荟萃的大宋史书，黄庭坚不是一个太引人注目的人。大多数人注意到的，最多只是"苏门四学士之一"，或者江西诗派"一祖三宗"的三宗之一。

他本身并不属于那"之一"。黄鲁直，有他单独被提起的必要。

张潮说楷书当如文人，草书当如武将，行书则适中，如羊叔子缓带轻裘，正是佳处。

亦如鲁直。

鲁直在幼年是个神童，过目不忘。相传他的舅舅常给他出"理解性默写题"，而他从未错过。他在七岁时，作过一首诗。其他内容我记不大清，但后两句一直让我难以忘却。

"多少长安名利客，机关算尽不如君。"

作为一个七岁小童，在阅历如此不足的情况下写下如此诗作，其实或多或少有些"为赋新词强说愁"的味道。不过，有心人也可发现，他的一生好像都没有负了这句诗的意。

所谓三岁见老，其实是有道理的。

他的早年没有遇到什么实质性的灾难。甚至说，十分顺遂。其实当的官一直不大，而且很长时间都在外地而不是东京。

但是话也不能这么说，看看他的老师，苏轼。

……是吧。

这里提一下文坛交际花孙觉。这个人不仅能一眼识英才，还能一眼识英才的爷爷。他向苏轼推荐过三个人，这三人分别是黄庭坚、秦观和陆佃。

黄庭坚和秦观自不必说，这两人的名字一提起来，就好像在发光似的。但是陆佃此人名声好像远不及前两位英才。

那他的孙子您肯定认识，他叫陆游。

这位孙觉一看鲁直诗文就十分欣赏。欣赏到什么程度呢？他把女儿嫁给他了。

我不得不承认见到知己就嫁女儿的这种非常常见的迷惑行为令人硌硬。这毕竟是用女儿的一生做赌注，远到尧见舜，近到欧阳

54

修苏轼。说实话，我并不认同这种行为。不过有时候真能传为佳话，比如说孙觉和黄庭坚。

苏轼与鲁直认识的方式极具文人色彩。

有些人啊，一见他的文字，就知道可以成为一生的知己。

鲁直的文章在当时一众凡夫俗子中显得清新脱俗，所以自然而然地受到了苏轼的赏识。说实话吧，从俗人的眼光来看，认识苏轼也许对鲁直来说并不是什么好事，因为他后半生的磕磕绊绊多少与受其牵连有关。

但是有一知己唱和，比俗名来得痛快许多。这是宋朝文人圈子祖传的观念。从范仲淹范夫子，到欧阳修的《朋党论》，再到苏轼和他牵连的一批人，北宋历代文坛盟主交友都带着以友辅仁的骄傲与坚持。

他是一个非常优秀的地方官。史载他做太和县的知县时，别县知县只顾政绩，而他独心存民意。做地方官的履历可以说明，他是一个实实在在的好人。

但他和苏轼、和北宋很多文人有着一个通病。

他们不是"好官"。

所有的叹息，只源于他们的血性。

文人血性。

如何评价一个爱说实话的文人最后做了史官这件事呢？

简单来说吧，史官职位是文人的照妖镜，忠，就要用生命忠。因为忠，特别是在北宋大厦将倾的那段日子，最终意味着灾难。

他把所有的不满写进了史册，言辞激烈，饱含不甘。

后来他被诬陷，起因是一句直刺赵某等人的心的话："用铁龙爪治河，有同儿戏。"

胆气豪壮，不输武将。

于是这引来了一场文字狱。

他被贬到戎州，在四川。但是他充分继承了老师快乐的天性。在四川当地文坛混得风生水起，并没有把被贬这件事当回事。

这约莫是他人生的转折点了。之后他受尽苦难，直至过世。

鲁直被贬时在位的是神宗第六子哲宗，徽宗是他弟弟。因为在一众只知道吃吃喝喝的兄弟中，徽宗文采出众，听说长得也挺好看，所以很受向太后喜爱。

腐化变质那是后来的事了。

徽宗即位后，鲁直被调去各地当非常非常小的官，就是那种按宋朝的工资待遇养不起家的小官。

史载他曾收到吏部侍郎的征召，但是辞不就职，申请做郡官后做了太平州知州，然而到任九天之后就被罢免了。

据传他在河北时与赵明诚的爸爸也就是赵挺之有过节，被赵挺之无端污蔑，送到宣州管制。不是贬谪，是管制，如果不是宋不杀士人，能不能活下来真是个问题。

赵挺之的诬陷让鲁直的人生在临终之时也充满灰暗。调动的召令还没有传到，鲁直就在六十岁时仙逝。

纵观他的一生，虽大志未成，遭奸佞陷害，但有一世的文名，有一生的操守。作为一个清醒的人，他始终知道自己喜欢什么、憎恶什么。

所以他是一个让人一开始了解就会喜欢的人。

从他清丽的诗文"桃李春风一杯酒，江湖夜雨十年灯"，到他在朝在野始终如一的品格，无不令人钦服。

他的潇洒快意更多地留在了诗文中。如我开头时引用的那首《鹧鸪天》。

"风前横笛斜吹雨，醉里簪花倒著冠。"

多好啊。

多少舞裙歌板，多少黄花白发，使君元是此中人啊。

贺铸：贺鬼头的江湖气

（公元 1052 年—1125 年）

又下雨了。

老人背起鱼竿，挠了挠糟糟乱乱的白发，踩上并不合脚的草鞋，眨着醉眼，慢慢寻找他的茅草屋。

老人沿着堤走啊走。

他这辈子闯荡过许多个江湖，见过官场的风云诡谲，见过文坛的风雅多情，但到最后，只有一片静默的太湖能收容他的长剑美酒和无可排解的悲思。

老头姓贺，大名贺铸，自称是四明狂客贺知章的后代，因为长相奇丑而被叫作鬼头。他把贺知章传下来的狂放不羁展现得淋漓尽致，但却丝毫没有继承老祖宗的亨通官运。

时代变换，一个常年与酒为伴的狂士，已经不再为中央朝堂所容。

十七岁时，贺铸就已经独自前往汴京谋生了。可能有人会疑惑，为什么他不去考科举，正正经经地谋个进士出身。

但科举可并不是随随便便考的。从乡试、会试到殿试，每一次选拔都极为残酷。想要得到进士头衔，绝不容易。

贺铸确实擅长词曲，鬼头本人对此也十分骄傲。他认为自己的词曲已经达到出神入化的境地，甚至只需要一支笔就能驱赶李义山和温飞卿。但文章和儒家经典并非他的强项。真要他走流程去考科举，可真是太难为他了。

进京之后，他也一直在九品左右的小官职徘徊。宋朝本就轻贱武职，更何况，贺铸担任的还是那些边边角角的小闲职。就算贺铸想努力打拼，也没有办法改变糟糕的现状。

但作为一个隐于市的侠客，贺铸并不会因此而颓丧。

相传在他曾任职的地方，贵族霸凌问题十分棘手。一些拳头硬、家底厚实的贵族子弟成为名副其实的小霸王。

事实上这种情况又何止一个地方有呢？这些势力在地方盘踞已久，想让地方官府把这些扎手的仙人掌连根拔起，几乎是不可能的事。

但侠办事，有侠的方法。

一个贵族子弟偷了别人家的东西，却骄傲得很。他理不直气也壮，完全没有想还的意思。

贺铸把那个不知天高地厚的小贵族拉进小黑屋，并把他绑了起来，又抄起木棍，摆出了要揍他的架势。那个没有被官府治过的小贵族立刻被吓蒙了。他的小脑袋瓜儿还没有反应过来，贺铸就缓缓开口，把他的作案方法、作案时间全都报了出来，详细程度堪比明代锦衣卫的小纸条。

也许是被吓得太狠，那个小贵族当场就认罪了，并痛心疾首地抹着泪，表示现在就是后悔，非常后悔。

贺铸哈哈大笑，用木棍敲了敲小贵族壮实的后背。也许是鬼头的震慑力太强，那位小贵族被几下轻飘飘的敲打吓到跪地叩头。

但就在他惊慌之时，贺铸宣布他被无罪释放了。

从此，那个小贵族，以及其他很多常年在当地作威作福的小贵族，见到贺铸时都会恭恭敬敬地行一个也许并不标准的礼。

是的，这件事被正正经经地写在《宋史·贺铸传》里，不是《水浒传》也不是《西游记》。贺铸，是一个真实存在的侠。

他所在的那个时代，弱肉强食依然是道德法律遮掩不住的社会法则。但侠，或乐善好施，或劫富济贫，可以短暂地逆转原本无法被撼动的准则。

侠客并不是瞎闯瞎闹的傻大个儿，贺铸有自己的行事准则。点到为止，不偏不倚，是他的智慧。

贺铸做了很久九品武职。这期间他辗转多地，要说成就，还真没有，唯一的收获，是亲眼见证了北宋的剧烈动荡。

他所见的，是国家版图的收缩和万千普通人有苦难诉的悲哀。

他本能地想救这个国家。

他的侠气终于被无尽的悲哀以及孤愤点燃。

这个婉约派词人挥笔写下了流传千古的《六州歌头·少年侠气》。

他说："不请长缨，系取天骄种，剑吼西风。"

他说："闲呼鹰嗾犬，白羽摘雕弓，狡穴俄空，乐匆匆。"

十七岁他离家闯荡时，应该没想到，他常年与剑为伴，真到国家被胡虏侵袭时，他连为国赴死的机会都没有。

他只是个沉沦下僚的普通人，他太渺小，尤其是在面对整个日渐颓败的王朝的时候。

王国维说他的词十分华美，但真味太少。也许成堆的婉约词里，这首《少年侠气》就是为数不多的真味。

在官场底层做了几年小官之后，鬼头遇到交情极深的两位朋友，也可以说是他的两位伯乐。

第一位是苏轼。文人最理解文人，在很多方面，贺铸都和苏轼在同一条线上。

比如，说话都很直。装糊涂太难了，直率的天性为两人都带来了巨大的祸事，但他俩从来都没改掉过这个习惯。

害怕？不存在的。

又比如，他们心中都有不可磨灭的侠气。苏轼曾花费所有积蓄买下一栋房子。后来得知，此房是个走投无路的老婆婆所卖，他当场就把买房契约烧了，也没有收回当初付的一文钱。从某些方面来看，东坡先生身上的侠气，也许比鬼头也差不了多少。

无论从哪个方面来说，贺铸与苏轼都十分投缘。

第二位是李清臣。论少年侠气，他一定不及东坡与鬼头，但他是个令人挑不出什么错的优质官员。他一辈子顺顺当当，事业有成，传说挑剔至极的欧公曾拿他的文章和最得意的弟子东坡作比。

在才子一抓一大把的宋朝，在文坛混到被欧公夸的地步，实在是很不容易了。

李清臣也许无法与贺铸成为交心的好友，但贺铸的词曲惊艳了他，这让他决定帮这位落魄侠士一把。

也幸好是在宋朝，那个风雅至极的年代。不然贺铸的"应念画眉人，拂镜啼新晓"，也许会被认作有伤风化。

在苏轼和李清臣的推荐下，贺铸终于摆脱了九品魔咒，成了正八品承事郎，并从武职步入了文官行列。

但他会从此青云直上吗？答案当然是否定的。

他到底没有混出什么名堂，因为嗜酒，鬼头天生与官场八字不合。在这一点上，他与太白有点相似。

官场对于贺铸来说是黑暗的，他的天性注定了他无法理解其中的弯弯绕绕。

这也是种幸运吧，也许。

宋朝官场里，端端正正戴着儒冠过一辈子的人很多。在那里活得最久的人，往往默默从朝廷激流中抽身，不从恶，不出错。

贺铸棱角过多，他的怒火非常凌厉，常直指时政弊端。这很容易让人觉得他不会是个令人省心的儒生，事实也确实如此。所以，就算有伯乐倾力推荐，他也不太可能做成大官。

种种原因，导致贺铸在五十七岁退休时，也只是个从六品奉议郎。

辞官之后他与相伴多年的老妻来到了多情的苏州。却不想，妻子就在这片他写下了梅子黄时雨的土地上仙逝。

妻子的离去让贺铸心灰意冷。她是个知礼的宗室之女，贺铸一生磕磕绊绊，她却从未因为生活的贫苦而抱怨过。

她为这位失落的侠客带去温柔和安慰，如今她的逝去，令贺铸痛之入骨。

贺铸已然心灰意冷，然而他却以六十余岁的高龄再次步入了仕途。

过了九年，他因为祖上恩荫，再次做官。倒不是贺监的光芒照耀到了他身上。让他再次步入仕途的，是他的族亲，也就是赵匡胤的妻子贺皇后。

但能确定的是，贺先生并没有下定决心把握好这次机会，在人生的末尾得到心仪的官职。

也许，若他真的得到了高官厚禄，从某种意义上说，贺铸的一生才是真的不完美了。

仗剑行侠数十年，如果最后棱角尽失，也算一种晚节不保。

果然，这次入仕，贺铸最高也只得到了五品官职。在多次挣扎之后，他最终选择了辞官。

此次辞官之后，贺铸回到了苏州。与之前不同的是，这次是他一个人。妻子友人相继离世，贺铸只能独自走向日暮。

此后贺铸的生活依然落魄，他不断抵押房产、田产，但并未因此而忧虑，也没有行乞的打算。

若说他这辈子有什么成就，那应当是一身不合时宜的侠骨从来没有变过。

他不似韩柳有济世之才，也不像温庭筠那般离经叛道。他是独特的。

大宋三百年，若论侠气，独属贺铸。

朱敦儒：我本麋鹿性

（公元 1081 年—1159 年）

只有清平盛世，能养风流仙人。

战火硝烟之下，只有天涯衰翁。

战火对建炎元年的朱敦儒来说，实在太过沉重了。他就像醉卧于桃花之间的仙人，一睁眼却发现，桃李东风已全然变作铁骑硝烟。在兵临城下的金国人面前，他过往四十六年的潇洒快意尽数破碎。

朱敦儒狼狈逃离了自己的故乡洛阳。他的故人故事、风流清梦，全部都被遗留在了洛阳，与他匆匆诀别，再不相见。

朱敦儒仓皇地站在铺天盖地的国恨家仇之中，这是他生平第一次如此清晰地听见宋朝的脉搏心跳，也是第一次和宋朝一同呜咽悲泣。

建炎元年之前的生活，于朱敦儒而言，是好梦一场。

朱敦儒出生于西京洛阳的一个富裕的家庭，父亲是做过右司谏的朱勃。他生来无心官场，家人亦未逼迫他科举入仕。

不同于其他一些欲走终南捷径的文士，朱敦儒的隐逸之心是纯粹甚至狂傲的。他并非没有经世之能，也不是完全没有经世之心，但却难以劝服自己向浮名低头。他不愿意终生只为琐事操劳，也不愿意被卷入官场，以至被诸多身不由己之事裹挟。

他不愿低头。

朱敦儒早年的诗文多有散佚，但却完整留下了一首令人惊艳的《鹧鸪天》。我猜或许是这首词令人见之难忘，无需笔纸书写，便会自然而然地在读者的脑海之中余音绕梁。

他说："诗万卷，酒千觞，几曾着眼看侯王？"

他说："玉楼金阙慵归去，且插梅花醉洛阳。"

此时的生活于他而言就像一场盛大的欢宴，在场宾客皆是他的知己，每日的日程表上只能看见下一个娱乐项目。他喜欢山中的日子，喜欢让花的开谢、月的盈亏和寒暑的易替逐渐模糊年月日的算计。

据朱敦儒自己说，他特别爱睡觉，吃饱饭喝饱茶之后，就必须躺上心爱的小床。他还说，自己喜欢像煎蛋一样翻来覆去，更喜欢醒来时看见低窗外桃李花开之景。有时他独自在花树下醉舞，醒时发现自己竟已在落花之中睡了许久。

此时的朱敦儒，对自己的清闲生活很是满意，而对入仕做官则充满了不屑。入仕做官意味着辛劳、加班和脱发，他所钟爱的兴起而诗、兴尽而眠的日子就要离他远去了。

所以，尽管多次受荐为官，朱敦儒也从不愿戴上乌纱帽。后来，在他的词名传入钦宗耳中并被迫做官后，他也立即上书请求退休，还骄傲地解释，我生来就是麋鹿心性，不能离开旷野，和官场更是八字不合。

幸而他生在宋，那时对文士的包容性远远高过别的很多朝代。所以朱敦儒如愿被释放回山，继续过他的清闲日子。

当然朱敦儒的日子也不全在山中度过，他的生活不缺美人与乐舞。年轻时朱敦儒的"词俊"称号已然响彻洛阳，时不时还有佳人向酒酣的朱敦儒乞求新词。

很多年过去，朱敦儒甚至忆不起当年手中酒觞的触感与桃花的香气，故而也难辨，当年的诗万卷与酒千觞是否曾真实地存于他的少年时。

他怀疑那些年岁只是一场颠倒梦，连云间的鸿雁和草间的虫，也只是与他一同做了一场梦。

而这场梦的清醒之时，便是洛阳陷落的那一年。

他没想过自己会离开洛阳，更没想过一离开就是永诀。

金人肆意侵吞宋朝的疆土。过去的泱泱大国，此时在风雨之中摇摇欲坠，风雨的呼啸声中还夹杂着百姓的悲鸣。

国恨是最深最重的恨，深重到一个民族中的每个人都无法置身事外。

他讨厌官场，但国难当头，他无法说服自己溺于安乐窝之中。此等境况下，朱敦儒终于下定决心出山。与他一同出山的还有不少名士，一时宋竟有中兴的微弱势头。

但很不幸，他们摊上了高宗赵构。这个皇帝的懦弱，让他难以成为一个中兴之君。但凡他有几分勇敢，也不会在后来把主战派大臣赶尽杀绝。

朱敦儒并非是没有热血的，他同很多和他一样的官员一样期盼中兴，期盼疆土收复。朱敦儒为名将张浚赏识，成了主战派的一员。

值得一提的是，朱敦儒词作最多的时期，并非早年隐居时，而是走出山林后。此时他的词中已饱含国恨与乡愁。当然，可能也有他早年诗词多有失传的原因。

朱敦儒为官之后，并没有像他所想的一样为中兴大宋出力，反而只能见证宋的日益衰落。在高宗的懦弱暴露、倾向主和派大臣之时，朱敦儒便因受主战派牵连而被罢官。

不死心的朱敦儒始终没有放弃对抗争的主张，当然，他的言论几乎都被赵构选择性屏蔽了。后来，他还因此遭到弹劾。

这一系列的打击使朱敦儒心灰意冷，他请求致仕，回到了他的山水之中。然而此时的他早已不是当初少年。他真切地感觉自己老去了，桃花依旧笑，但朱希真已无心对花而饮了。

他偶尔会登临高台，眼前是孤鸿明灭。人老而难归乡是苦，人老而故乡已沦落敌手，无疑更苦。欲倾诉之时，又发现洛阳故交早已是各自天涯，身边孩童甚至都不知晓洛阳是何地。

如果朱敦儒能这样度过余生，或许还不算太惨，最多只是晚景萧疏，不至于遭人唾弃。

但秦桧，天杀的秦桧，没有放过心灰意冷的朱敦儒。朱敦儒作为主战派代表，又精通诗文，被秦桧选来粉饰太平。

此时的朱敦儒如何可能愿意出山？但作为大奸佞的秦桧，有的是卑鄙的手段。他多次胁迫朱敦儒，甚至以朱敦儒身在官场的儿子作为要挟，才最终把朱敦儒逼入官场。

朱敦儒只为秦桧工作了十八天，因为秦桧十八天后就病死了，同时朱敦儒也被迅速撤职。

这十八天让无数人唾弃朱敦儒的不忠不贞，说他晚节不保。但其中无奈，只有朱敦儒懂得。

朱敦儒从不贪恋官场，选择入仕全是心中责任使然。他连为明主服务都不怎么情愿，更别谈什么为了功名而攀附奸佞。

在秦桧的逼迫下被任用的那十八天，于他而言，是痛苦，是磨难，独不是晚节不保的证据。少年时在钦宗面前所说的那句"麋鹿之性，自乐闲旷"，确是他的真实想法。

如果朱敦儒早生百年，生在太平之世，他或许真的会过一辈子清闲日子，就像林逋那样，梅妻鹤子，无俗事劳累心神，闲时打打鱼、睡睡觉，偶尔和好友饮酒赋诗。

他是麋鹿之性的山水郎。

他不只是麋鹿之性的山水郎。

快意与疏狂，不是朱敦儒的全部。

历遍艰辛，尝遍百苦，他早已不再是那个挥墨洒下"几曾着眼看侯王"的狂士。

但他成了我们所亲所敬的朱敦儒。

…………

东风又过，年过古稀的老人在蒙眬之中依稀又见到了阔别数十年的洛阳城。

你看呀，那里有春林着雨，有野水漾花。

有我的诗万卷和酒千觞。

辛弃疾：杀贼！杀贼！

（公元 1140 年—1207 年）

人言辛词是词中之龙，是南宋词坛不多的亮色。

然辛子提笔，实为放下大刀的无奈。

辛弃疾生在济南，一个自古就名士辈出的地方。

然而当时，这是一片被女真人占领的土地。

不久后，他父亲早亡，这个年幼的孩子，由南逃失败而被迫在金做官的爷爷辛赞和寡母养大。

辛弃疾从小就被巨大的悲与愤包围，爷爷对故国的眷恋和女真人鄙夷的目光，让他更加深刻地意识到，他并不是一个金国人。

我要南归!

归国的愿望最终与少年沸腾的热血交织，辛弃疾背上大刀，连夜投奔起义反金的耿京。

他超人的军事才华很快被发掘，耿京越来越欣赏这个刚二十岁出头的小伙子。这个年轻人像个不知疲倦的永动机，随时提刀就能上阵杀敌。

此时的辛弃疾，头顶是硝烟弥漫的天空，脚下是被女真人踏碎的土地，看起来困顿极了。

但就是这段日子，让他怀念了一辈子。

因为这时，他的手还能握紧大刀。

刀下还是从小就恨透了的女真人。

在他的不断劝说下，耿京最终同意联宋抗金，并将他任命为负责联系大宋的第一外交官。

然事与愿违。且事发在辛弃疾终于激动地踏上南宋的土地，一了爷爷的夙愿之时。耿京团队祸起萧墙，叛将张安国带领数万起义军杀死了老上司耿京。

辛弃疾的愤怒可想而知。耿京是第一个赏识他的人，也是第一个给他带来南归抗金曙光的人。愤怒的辛弃疾带领骑兵五十，杀进五万人的营帐，抄起张安国的狗头，把他拽到建康斩首。整个过程行云流水，五万士兵无一敢挡。

赵构震惊极了，这个金国来的小青年在他眼里的形象忽然就光辉了起来。但这并不妨碍他雪藏这个南下归宋的金国人。至少，在赵构和他的儿子赵昚眼里，辛弃疾自始至终都不是一个纯粹的宋朝人。

归正人，这个身份是辛弃疾一辈子的枷锁。因为辛弃疾生于金国，所以无论他有多忠诚、功劳有多大，都无法得到南宋皇帝百分之百的信任。

初入宋朝的辛弃疾并没有意识到这一点。他满腔斗志，写下万字《美芹十论》，为宋孝宗赵昚提供了一个完美的作战计划。

辛弃疾谋划了很多。

何时北上，何时生擒完颜雍，何时让自己的故土济南重归宋的版图。

少年人的热血总会让他们忽视一些冰冷的现实。

比如，南宋生锈的神臂弓无法再击破女真人的城墙。

比如，自己身为归正人，连举起生锈神臂弓的机会都没有。

却将万字平戎策，换得东家种树书。

很多人说辛弃疾被雪藏一辈子的主要原因，是南宋主和派势力太盛，力主收复失地的辛弃疾自然不得志。

其实并不全是这样。即使是主战大臣得势之时，辛弃疾也依然官职低微，在官场的角落徘徊。

在以知人善用出名的主战派大臣虞允文当上宰相之后，辛弃疾又挥笔写下《九议》，然而这篇文章也同样逃不过石沉大海的命运。

辛弃疾受排挤受打压，或许更多来自皇帝的猜疑，以及宋立国两百年来一直未变的崇文抑武的社会风气。对皇帝来说，柔弱的文官比提刀扛枪的武官安全多了，而文官又畏惧武官动摇文官集团的地位。所以武官遭到文官与皇帝的联合打压，也是不难理解的事。

令辛弃疾没想到的是，在他最失志的时候，两片与他素未谋面的土地为他带来了慰藉。

1175年，辛弃疾经宰相叶衡推荐，赶赴江西讨伐在当地兴风作浪的茶寇。

辛弃疾抚摸着久违的大刀，那柄大刀寒光如初，让他很容易回想起十三年前砍下张安国的头颅的时候。

然，那时候斩杀的，是罪大恶极之徒。

而如今他要平定的，是一群被贪官污吏逼成贼寇的穷苦百姓。

所以他在平叛之后立马上奏，请求朝廷下旨整顿贪官污吏。他言辞恳切，但真想要让站在社会金字塔顶峰的那群人来体恤蓬门百姓，一篇奏章又能有多少作用呢？

江西平叛之后，辛弃疾来到了湖南。

这一片土地为辛弃疾带来了人生中不多的快意。

来到湖南后，辛弃疾发现这块地方的百姓与其他温柔多情的南方人竟然格格不入，甚至盛产刁民。

于是，辛弃疾以此为理由，在湖南建立了军队。重操旧业的辛弃疾，仅用数月就把两千多个天生顽悍的湖南人打造成了一支雄镇一方的湖南飞虎军。

这支军队或许会让人想起，陪着左宗棠把浩罕汗国人赶回老家的湘军。

然时局不同。即使辛弃疾的才干并不比左宗棠逊色，他也无力带领这支军队冲破女真人的铁骑。

此时南宋朝廷自己亦拮据得紧，加上对辛弃疾并不信任，所以，想让朝廷分多些资金来养军队？不存在的，想都别想。昂贵的军费大部分要由辛弃疾自己来承担。

辛弃疾决定将全部心力注入这支承载他希望的军队。

他抛弃了健康、钱财，甚至为官的原则。

辛弃疾曾是个以清廉著称的良官，德行与才能一个不落。让一个有德之人不得不贪污，对他来说，或许更为痛苦，远不如两袖清风来得痛快。

但飞虎军最终以遣散收尾，辛弃疾也因贪污被革职，拖着疲惫的身躯前往江西养老。

当年沙场点兵。

曾经的军营，如今独剩一块写着"营盘路"的蓝色路标，能令往来人偶然想起，这里曾经存在过光复中原的希望。

绝望中的辛弃疾终于清醒地认识到，自己用一生效忠的朝廷其实从未真的欣赏过自己。

幸而在江西，辛弃疾并不孤独。

他遇到了三个知己，三个可以真正交心的知己。

其中一位，是朱熹。这位理学家无论生活多么落魄，都能从容应对。朱熹用学问折服辛弃疾后，又潇洒挥手拒绝了辛弃疾的帮助，继续他落魄而快乐的生活。

两人关系也许并不算密切，然而朱熹死后，辛弃疾不畏庆元党禁亲自登门，研墨挥笔，为他写下祭文。

第二位是陈亮，此人就是每个中学生都忘不掉的那个陈同甫。有趣的是，这位却是反对朱熹理学的一面大旗，但与朱熹和辛弃疾又俱为好友。他与朱熹通信时，常会写着写着就隔空吵起架来，但吵归吵，两人的友谊仍是铁打的好。

或许君子交友，交的仅仅只是一个值得欣赏的人而已。其他所谓观点、政见，皆无关紧要。

第三位，是陆游。

辛弃疾与陆游，两位悲愤一世而无处排解的人，相见恨晚。一位白发空垂三千丈，一位泪眼山河夕照红。也许，还未相识，他们的悲与情就已然相通。

辛弃疾与他的朋友们在江西的一个叫稼轩的小园子里饮酒赋诗。此时，辛弃疾已然自号稼轩居士，他苍老多病的身躯已无法再披上重甲。

从过去的辛弃疾到如今的稼轩居士，其实饱含着他难以言说的疼痛。

年老的辛弃疾扛起了锄头，打算成为一个最普通的农民，过上锄地耕田的生活。

但辛弃疾会忘记他已经铭记了大半辈子的梦吗？

答案是否定的。

挥师北上，收复失地。

他怎么会忘呢？

就在辛弃疾的病越来越重时，朝廷的诏命被送到了他的榻前。

南宋与金议和失败，朝廷终于放弃忍让，决心北上。

远在天边的君王终于记起，有个在稼轩耕地的老人，还未变收取河山的旧志。

不知辛弃疾攥着诏书时，有多绝望。

如果能早十年。

如果能早十年……

不久，辛弃疾病逝。

死前他用尽浑身力气，奋力高呼——

"杀贼！杀贼！"

他是个英雄，提刀杀敌的时候是，执笔弄墨的时候是，归隐稼轩疾病缠身的时候，也是。

英雄的骨，怎么会变呢？

辛弃疾一生把所有麻烦都折腾遍了。写过万字奏章，平过叛，养过军队，治过百姓，但打拼一辈子后，他的志向一个也没有实现。

…………

悔吗？

不悔。

即使时局无法逆转，我也要独自与黑夜对抗。

唐寅：情愿枝头做花仙

（公元 1470 年—1524 年）

有人一生修道，却从不知神仙到底在何处。

有人从未修道，却终成独立尘世的仙。

唐寅即是后者。

唐寅，比之他的名，人们更熟悉的是他的字——伯虎。唐寅并未生于官宦世家，更非皇亲国戚。相反，他只是一个生于江南的平民。家中仅开了一家酒馆，并无更多产业。

花枝若生于园林之中，则不免遭到裁剪修理，会被强加上园丁的意志。而若生于市井乡野，则可自由地生长，即使终无法得到园林之贵，也可享得一生自在。唐寅便是生于市井的一枝桃花，即使因为他的父亲想让他经科举做官而送他读书，他也没有受到过多的束缚。

相比之下，他的好友文徵明则"规整"很多。文徵明也是位大画家，但与唐寅不同的是，他生于官宦世家，家教比唐寅家严得多。两人虽因为对对方的书画和文学才能颇为敬重而惺惺相惜，却也不免因生活作风问题而产生争吵。

唐寅告别科场后，就因为文徵明写信规劝他收敛自己而与文徵明互生嫌隙。其实文徵明的规劝可以称得上是逆耳忠言，但唐寅却不喜这样的束缚，甚至写了一封《与文徵明书》来答复。若问这篇文章到底写了啥，中心主旨大概也就三个字——"少管我"。直到多年后，两人才重归于好。

唐寅这样的乡野散仙，本与科场仕途无缘。虽然他的父亲一直期望他科举做官，但他也一直无心于此。直到父母和妻子去世，他才毅然走上了科举之路。

唐寅的科举之路并不算顺遂，他就因为放浪形骸而遭到了考官的厌恶，差点无缘乡试。幸好有文徵明父亲等人的求情，他才得以参加乡试。

唐寅在乡试之中大放异彩，夺得第一，拿下了解元的名号，一时风头无两。当科举带来的名利真真切切落在唐寅的头上，他才真正燃起了一丝仕进的期望。

于是，弘治十二年，唐寅赴京参加会试。

然而唐寅没想到的是，这次会试给他带来了人生中最大的一场磨难。

唐寅与徐霞客的高祖徐经交情甚笃，两人虽中举时间不同，但却一同参加了弘治十二年的会试考试。两人常常于闹市纵马，行为非常惹人注目，这样的"嚣张"给两人惹了大麻烦。

会试考试考完之后，不知从哪儿传起唐寅徐经两人买题作弊的谣言。事实上，两人均不在录取名额之中，这谣言也纯属空穴来风，即使后来锦衣卫出动，也抓不到两人作弊的证据。但舆论压力太大，为了平息这场混乱，唐徐两人均被削除士籍，从此无缘官场。弘治十二年，遂成了唐寅仕途生涯的句号。

若说弘治十年，唐寅考试"挂科"是自作孽不可活，那两年后的会试失败，就纯纯是飞来横祸，唐寅完完全全是被冤枉的。

说是磨难，但也不尽是磨难。桃花仙无缘官场，或许是上天不愿他的灵气夭折于官场的蝇头微利之中，所以把他放逐到世外，让他在桃花坞中肆意生长。

有趣的是，一位在中国历史和中华文化中顶天立地的大人物，就是在弘治十二年的会试之中考取高第，从此开始了迈向明朝朝堂中央的第一步。这个大人物就是王阳明，著名心学大师，也是明朝有名的全才。

王阳明和唐伯虎，两人似是相距甚远的平行线，却在这场科举之中偶然交错。两人皆是有才有识之辈，却在弘治十二年被命运的洪流匆匆冲向了两个人生的极端：王阳明一手笏板一手虎符，既以才学和思想闻名，又以领兵平乱的军功封爵；而唐伯虎却一生清贫，只得靠卖画为生。

两人功业不同，却难说谁逊于谁。

谁说黄钟大吕，一定胜过江南小调？

其实唐寅此时并没有完全放弃做官的希望。十多年后，他就投奔宁王朱宸濠。但在宁王府上，他却发觉了不对劲，因为宁王正在策划谋反。唐寅这才发觉自己是上了宁王的贼车了。不在宁王幕府，他或许只是穷了点，但若被卷入谋反，那就是全家人的人头都保不住了。惊惧之下，唐寅"露其丑秽"，自毁形象，终于被宁王放走，成功跳车。

自此，唐寅完完全全将一颗沾上世俗名利的心收了回来，他掸去身上尘土，转身回到了桃花坞。他在桃花坞中所建的桃花庵别业，也成了他余生的居所。

只有在桃花坞里，唐寅才是真正的唐伯虎，是真正逍遥自在的桃花仙人。他固然清贫，只得以卖画为生，但当他醉卧画下之时，或当他的画笔于宣纸之上跳跃之时，他的心也变得澄澈起来。唐伯虎遗失已久的快乐，在桃花坞被重新拾起。

唐寅在桃花坞的日常生活，我们可从一首《花溪渔隐图》中窥其一二。诗曰"湖上桃花坞，扁舟信往还。浦中浮乳鸭，木杪出平山"。

醉卧舟中的唐伯虎，并不撑桨，任湖水中平缓的水波将他推行，他的耳中没有丝竹管弦之声，只有湖上乳鸭稚嫩的叫声；眼前也没有京城的朱门大户，只有青山如黛。

唐寅在寓居桃花庵别业期间，写诗作画无数，传世之作也不少。其中最有名的莫过于《桃花庵遇仙记》，诗中以笔墨绘出了一位桃花美人与种桃人相遇的过程。此诗与陶渊明的《桃花源记》虽都以想象中的世外桃源为题，却也有所不同。《桃花源记》中尚可见炊烟袅袅，可见平和的乡野生活；但《桃花庵遇仙记》中，描绘的生活则是不食人间烟火的，更近于仙境。

桃花仙女虽并非实有，但唐伯虎却实实在在地做了一回桃花仙。直到五十四岁，他从此长眠于桃花坞。

"不入浊世凡尘染，情愿枝头做花仙。"

他就此翩然转身，于桃花坞画卷的留白之中，似是归于尘土，又似是成仙远游去也。即使唐寅之身尚长眠于墓中，世人却愿意相信，数百年来，他从未死去，只是始终逍遥于尘世之外。

唐伯虎的存在是浪漫的，即使仅是提起他的名字，都好似是花香盈怀。他未就高官，未登高第，却如李白杜甫一样，是中国人心中无可替代的存在。这种无可替代，不仅是他的诗词、画作，更是他由桃花凝成的魂。

广远如中华文化，而唐伯虎就在这广阔无垠的中华文化里，辟了一处桃花坞。每当有人诵起他的诗歌、阅起他的画作，都是从这世外桃源经过，似乎唐伯虎和他的桃花坞再度重现人间。

桃花酒酒香未散，桃花瓣又上枝头。

若问伯虎何时归，且待来年。

春来三月香风送，便是花奴问君安。

蒲松龄：倒挂孤松

（公元 1640 年—1715 年）

他的笔下是一个独属于他的幻中世界。

但狐鬼神怪的背后，是滚烫的世态人情。

大概从第一次拿起笔开始，他就走上了一条与所谓正道偏离的道路。

最初，蒲家并不是个极度贫困的家庭。他的父亲蒲槃年轻时为生计而被迫从商，却也因此积累了万贯家财。只不过，因为蒲槃生在朝代更替之际，所以频繁的战乱让他选择了退避，后停业读书。

但是，蒲槃虽然停业，且钱财多有流失，蒲家剩下的财产也够他和儿子们平平凡凡过日子了。

不幸的是，蒲松龄有两个哥哥一个弟弟，而这三个人恰好娶了三个泼妇。

泼妇，自古就是促成大家庭分崩离析的炸弹。更要命的是，蒲松龄的嫂子们还精通争抢家产之道。所以，蒲槃忍无可忍，把儿子们都打发走的时候，分给蒲松龄的就只有二十亩薄田和连门都没有的破屋子了。

从分家的这一天起，到蒲松龄去世，他的贫穷就再也没有改变过。一天也没有。

但穷是穷，日子还是得过的。作为一个读书人，只要一朝中举，就能一夜之间脱贫致富，甚至光宗耀祖。

至少，蒲松龄是这样想的。

科举这条路蒲松龄走了五十多年，他的终点是岁贡生。但他虽当上了岁贡生，本质上却也还只是个秀才，一个比童生光鲜一点、但离科举脱贫还差很远的秀才。

事实上，他在县府考试的过程还是非常顺利的。在县、府、道试之中，他都是第一名。

这时的蒲松龄意气风发。

他想青云直上。他想扬名天下。

十九岁的他看见了高远无边的天空，然而，他却忽略了，自己的脚下不是柔软的沃土，而是清时贫瘠的沙砾。

其实他并非从一开始，就想建造一个虚无缥缈的神鬼世界。

只不过绝壁之上，容不下一棵笔直峻拔的松。

二十岁时，蒲松龄在县学混得风生水起，不仅有了一帮子能勾肩搭背一块喝酒写诗的好兄弟，还和这帮兄弟一起建了个郢中诗社。

其实，郢中诗社完全就是这帮子秀才诗兴大发的产物。不只郢中诗社，当时清朝的秀才们一块建的那些个小社团，或是为了交朋友，或是仅为跟风。无论怎么说，都和闹事沾不上边。

但秀才结社这件事偏偏还是击中了当时坐龙椅的顺治的敏感神经，并引起了他的极度警惕。

强权几乎能抵御一切抗力，除了思想。

因为思想没有实体，不灼人，不伤人，但却拥有坚不可摧的力量。

这样的力量是让当权者恐惧的。

顺治当即下令，禁止秀才结社。

不错，这很清朝。在我有限的对清朝的认知里，这是清统治者很喜欢的行事风格。

站在清统治者的角度，这样明令禁止结社的措施极有效率，当然也很有效果。但站在蒲松龄这样的年轻秀才的角度，这样的强制命令，是自上而下的，是不公甚至残忍的。

郢中诗社最终只成了一个遗憾，这是蒲松龄和他的朋友们的遗憾，也是后世众多蒲松龄粉丝的遗憾。因为郢中诗社的匆匆解散，使得所有诗作尽数失传，而青年蒲松龄的样子也就更难探寻了。

蒲松龄可能不知道，郢中诗社的解散并不是上天对他的一次重大打击，而只是对他一连串暴击的一个小预告。

就比如科举。很不幸，蒲松龄被乡试这个环节紧紧套住，动弹不得。乡试，几乎只是其他名人传记里被一笔带过的小考试，却扼住蒲松龄命运的咽喉长达五十六年，直到他带着遗憾去世。

蒲松龄的科举之路坎坷到让人不敢置信。在考中秀才之后，他熬到四十多岁，才成为廪生，也就是有固定助学金的生员。而到七十多岁，他也才只是成为贡生。注意，是贡生而不是贡士。也就是说，到满头白发时，蒲松龄也才只是被评为了优秀学生。

何其心酸，何其无奈。

在此后的生涯中，蒲松龄只得为生计奔走。这几十年，蒲松龄就在被赏识和事业之间徘徊。总的来说，他的职位忽高忽低，只有贫穷保持着长期稳定。

至于原因嘛，先来看看蒲松龄的艰难打工经历。

第一次打工，是做同乡进士孙蕙的幕僚。孙蕙应当算是赏识蒲松龄的第一个人。这种赏识一来出于同乡之谊，这没什么好怀疑的；二来也是蒲松龄这小伙子确实不错，有志气，也有才气。虽说孙蕙只是让蒲松龄做了自己的幕僚，但这份职务却是当时窘迫的蒲松龄的救命稻草。

所以，蒲松龄极为珍惜这个职务，他勤勤勉勉地帮忙写公文、办公事。甚至孙蕙考察救灾工作，蒲松龄都全程陪同。

接下来，就是蒲松龄几十年的老师生涯。蒲松龄先是在和自己一起参加乡试的王观正家做老师，再是在同乡乡绅毕际有家，最后还受山东官员喻成龙之邀，做了几年门客。

塾师与幕僚看似是比较稳定的职务，当然也确实比失业强多了。但蒲松龄离脱贫始终隔着十万八千里。

因为蒲松龄家的人真的非常多。他有非常多的孩子，光儿子就有四个。而按粮食价格推算，清代九品官员的年薪大概也只有一万八千人民币，更莫提蒲松龄这种不入流的幕僚了。

看着自己哭闹着说饿的子女，蒲松龄的辛酸可想而知。

蒲松龄这个老师一当就当到了七十岁。到七十岁时，蒲松龄成了贡生。但清代的贡生和一千年前的国子监学生已经完全不同。科举出现后，国子监学生早已称不上替补官员，而国子监学生的地位也就随之俯冲滑坡了。所以说他是个贡生，其实也只是让他的晚年看起来不那么悲惨而已。

而蒲松龄的晚年生活中最值得一提的事是，在他退休回家后揭发黑心官吏。

这个黑心官吏叫康利贞，当时是个收税的。众所周知，古时最容易发生变质的官职便是收税的和断案的。一般来说，收税官吏的一点小贪财小压榨，只要不危及百姓的基本生存，都不会掀起什么大波澜。

但这个康利贞实在是贪婪过头了。

过头到什么程度呢？他多收的钱是规定税银的三倍。相当于百姓们各家都交了四倍的银子。

换您，您能忍？

是不能忍。但清朝百姓多多少少是怕官的，真要他们去揭发这黑官，他们会觉得后果可能比多交钱还严重得多。

七十岁的蒲松龄叹了口气。纵然白发满头，纵然潦倒一生，他也还如十九岁一般，是个书生。

书中兼济天下的道理，他记了一辈子。

一个书生该有的仁与勇，他也记了一辈子。

他做了这个出头鸟，尽管他没有权也没有势，尽管他也不知道胜算有多少，但他不屈不挠。

他先是直接找康利贞，也不知是温言劝告，还是冷着脸把他训了一通，反正最后是没什么大用。蒲松龄一不做二不休，一边写信给老友李希梅，一边把康利贞直接给告到布政司去了。也许是这件事掀起了太大的波澜，布政司再三权衡，终究是把康利贞给撤了。这件事以蒲松龄的全面大捷告终。

但这件事过去六年后，蒲松龄就在聊斋之中，靠着窗户，与世长辞。

蒲松龄的一生，看上去是很平凡的一生。

平凡的经历。平凡的困顿。平凡的起起落落。

——他确实不算个多伟大多光辉的人。

但在已不可考的一天，他昂起了疲惫的头。

也许是晕眩，也许是幻觉，也许是梦境，他看见了一个全新的世界。那个世界与现实颠倒，又与现实交叠；那个世界是他的映照，又是他的慰藉。

蒲松龄留在世上的影子是跳动的。没有史书为他记下"蒲松龄，字留仙，淄川人"，没有冰冷生硬的文字刻画他的轮廓。但蒲松龄却能透过他的笔，朝我们笑笑，操着一口山东话向我们问好。

把一整本《聊斋志异》拼起来，就是一整个聊斋先生啊。

尸骨的温度总会消散，灵魂的温度却能永存。

…………

说出来很好笑，古代描写人性最深的短篇作家，竟然是个写妖怪的。

蒲松龄笔下的狐鬼神怪，其实怪的也就只是其出场方式和各色法术。狐狸是披着狐狸皮的人，仙女也是踩着祥云的人，说到底，人情还是人情，人性还是人性。

为什么要写成狐鬼神怪呢？也许在清时恐怖的氛围中，想让讽刺小说杀出一条血路，就得让被讽刺的人看不出自己被讽刺。也有可能是他想讽刺这个人不如妖的社会。但到底是为什么，我们也得不出准确的答案。

在《聊斋志异》四百来个故事里的无数角色中，我最喜欢的小狐狸是婴宁，我猜蒲松龄也最喜欢婴宁。在每篇最后的固定环节，也就是"异史氏曰"环节，蒲松龄说婴宁的笑能让忘忧草和解语花都逊色，甚至用了"我婴宁"这样的表述，对婴宁的爱都快溢出书来了。

而我喜欢婴宁，实在因为她是古代小说女角色花园中的奇花异草。别的姐姐妹妹或是一身愁病，或是满腹诗书，还有的能征善战，只有婴宁就喜欢笑，咯咯咯地笑，傻呵呵地笑。

男主王子服是个书生，在上元节时遇见了婴宁，心生爱慕。不久后误打误撞地把她领回了家。婴宁的笑是活泼的，但王家婆婆眼里，这笑是放肆且无礼的，所以，她多次制止。但王婆婆的劝告全无效果。

婴宁的笑感染力极强，连邻家妇都能被她逗笑，与她接近的人都能乐而忘忧。

直到一个无耻青年和他的父亲出场。

婴宁喜欢爬花架子，还喜欢把花插在发间。这个无耻青年的联想能力十分超群，他认为这是婴宁想与他约会。他高兴地赴约，看见婴宁后扑向她，突然身上如锥刺般疼痛，清醒后才发现自己被蝎子蛰了，而看见的婴宁只是一块枯木而已。

无耻青年的父亲听到号叫跑出来查看，弄死了蝎子，把儿子背回家，无耻青年半夜就死了。

无耻青年的父亲直接将此事告了官，说婴宁是个妖怪。幸好这官觉得王子服非常正直，决定信任王子服。

这件事虽不了了之，但掀起的波涛未息。婆婆苦口婆心地劝告婴宁，不要再如此笑了，再这么笑，会给家里招来不幸。

奇怪的是，婴宁竟真的就此不笑了，无论怎么逗都不笑了。

蒲松龄的故事大都以喜剧结尾，独有此篇，我觉得是彻底的悲剧。虽然婴宁最后还给王家生了个和她过去一样爱笑的儿子，但仍无法掩盖婴宁不笑的悲剧。

婴宁的笑存在于与王生初遇的梅花间，如蒲松龄说的，令人生笑的山间草"笑矣乎"的，是山野间的风。而人世间的那些人，各有各的毛病，虽然也有判官以及王生这样的善人，却也抹不去污浊的底色。这样的人间许就是蒲松龄遇见的冷暖。

婴宁与王生成婚生子也许象征着融入了人世，她终是不再像往常那样无忧无虑地笑了。

而婴宁不笑，是对这个张牙舞爪的世界的指责。

一点题外话。

读到这儿的时候，我忽地想起了蒲松龄二十岁那年与一帮朋友建立的郢中诗社。他少年时的春风与壮志比婴宁的笑更短暂。

比这些浅层的冷暖更夺目的，是蒲松龄的思想。

蒲松龄的思想嘛，可以说是先进的了，但又没完全先进。

他在《娇娜》中描绘了男女间真挚的友谊，甚至可以说是过命的交情，但最终却没有让娇娜成为男主的妻子或小妾。在古代小说中，或至少在我看到的古代小说中，这还是头一回。他不把女孩子作为看宅子的工具人或是养孩子的工具人，而是作为一个独立灵魂来看待，这确是蒲松龄的先进之处。

说实话，也只有在看《聊斋志异》之后，我没有记住其他，而独对一个个角色记忆尤深。有拿剑击天雷的文弱书生孔雪笠，有为妻割肉的乔生，有在公婆面前鞭打丈夫的江城，当然还有喜欢笑的婴宁。

很多的角色，是以往作者不会想也不敢想的。

而且，他又经常用奇怪的方式给男主角安排个妾，让男主角过上和谐美满的三人生活，使得现代读者直呼头大。比如说吧，乔生好不容易苦苦求得连城，蒲松龄就忽然给连城变出个姐妹宾娘，非要一起嫁过去，还说那是姐妹情深。

但蒲松龄是清朝人，也许一妻一妾更符合当时人们对幸福的理解，或者更符合蒲松龄的想象。他的思想终究植根于清朝而被时事所渲染，我们到底无法苛责。

总的来说，《聊斋》并不是吓坏人的下饭读物，反而能真的让你看见一大群真实可触碰的人。

笔法独到吗？确实。

独到的，不只有笔法。

龚自珍：疗梅

(公元 1792 年—1841 年)

龚自珍生于农历七月，正是"七月流火"之时。夏季骄阳的酷暑虽尚未完全退去，但秋日的凉风已在悄然酝酿。龚自珍便是乘着这秋风来到了人间。

龚自珍虽然没生在富贵无忧的清朝贵族，但他的家门也算是世代为官的书香门第。他不仅有位进士父亲，还有位颇有才华的母亲。可以说，他是个在笔墨书香的润养之中长成的才子，也是在这笔墨书香之中，练就了一双洞察世事的眼眸和一身宁折不弯的骨气。

在家人的影响下，龚自珍早早走上了科举的道路。但这条路并不通顺，即使才高如龚自珍，也是屡屡碰壁。即使他十八岁考中秀才，二十七岁考中举人，但成为贡士乃至进士的路仍异常艰难。考取贡士的考试称为会试，这会试，龚自珍足足考了六次，在第六次考试中龚自珍才成功"上岸"。在殿试之中，龚自珍也仅得了三甲第十九名，赐同进士出身，没有"掇取巍科"，即考中很高的名次。龚自珍名次不高，并不是他学识不够，只是主持考试的大学士认为他的"楷法不中程，不列优等"。

这听起来似乎很荒唐，但放在清朝科举考场里，又好像是说得通的了。

名次过低意味着无法入翰林院任职，而去地方任职又并非龚自珍所愿。加之龚自珍在考中进士之前就写下了《明良论》等一众抨击朝政的文章，一时间，龚自珍的仕途陷入了尴尬的境地。

但是仕途的尴尬并没有让龚自珍放弃抨击朝政，转而讨好权贵。相反，他批判清王朝之腐朽的文章越来越多，语气也越来越激烈。这样做的直接后果，是龚自珍成了权贵们的眼中钉。权贵们对他的态度，由冷漠忽视逐渐转为了忌惮排挤。

清朝有个官职叫军机章京，除领班之外，一般任军机章京的官员都处于五、六品，在京官之中不算大员。但即使龚自珍只是参加了个军机章京的选调考试，都因为权贵阻挠而没有成功。可见龚自珍在官场的处境有多艰难。

龚自珍三十七岁考中进士，到四十七岁时就因被排挤而辞官南返。这短短十年的宦海沉浮，让龚自珍在疲惫之余，也深深感受到了国家衰亡的大势，这样的大势使得他越发忧虑。忧虑之下，龚自珍在辞官之后创作出了更多以揭露清王朝腐朽现状和规劝天子为旨的诗词散文，其中就包括一百五十余篇《己亥杂诗》和传播甚广的《病梅馆记》。

晚年，龚自珍在郁闷之中，写下了一篇《病梅馆记》。

《病梅馆记》是龚自珍的散文作品里最为出名的篇目之一。文中大意是，江浙一带盛产梅花，梅花生来形态各异，也各有各的美感。然而文人画士却认为，梅花只以欹斜为美，只以花枝稀疏为美。梅花生来有曲有直、有疏有密，但为了多挣到钱，种梅者竟生生将直梅削弯，砍掉梅花"多余"的花枝，使得产出的梅花多病多夭。人们以病梅夭梅为美，削梅者也越来越多，到后来，市场上竟少有健康的梅花了。

文末，是龚自珍的一段誓言。

"穷予生之光阴以疗梅也哉！"

字字不提国事，字字都是国事。清朝取士制度畸形异常，人才本应各美其美，本应各取所长建设国家，但科举却只选拔了统一标准的士人。而有才有能之士却或病或夭，要么被"削"成统一的模样，要么如龚自珍这样一生不得志。

龚自珍一生主张"不拘一格降人才"，绝不只是对自己科举、仕途坎坷的抱怨。龚自珍有心于仕途，但并不汲汲于功名，否则他一定不会做出一篇又一篇言辞激烈的论文，不会一次又一次激怒权贵高官，致使自己连考取军机章京这样的官都受到阻挠。相反，是他自己的经历让他对人才选举制度的种种弊病有了更深更切的感受。

龚自珍深感自己与清朝社会如方枘圆凿一般难以相容，在重重酸涩悲哀之中，他在四十九岁这年暴病辞世。此时，中国历史已翻过了厚重的一页，匆匆地、头也不回地步入了近代史的大门。

龚自珍是位眼界高远的改革家，但他并不是一个主张改天换地、推翻清朝的革命家。从种种意义上来说，他永远是个清朝人，是个赤胆忠心的封建士人。他生于初秋之世，但不仅是1792年的初秋之世，也是整个清朝的初秋之世。"酷热已消，衰象渐现"。在龚自珍存于世间的这四十九年里，无时无刻不在见证着原本傲立世界之巅的清朝一步一步走向破败、走向崩塌。

龚自珍堪称清朝的"国医"，而他终生拼搏的目的，是医国，也是救国。只可惜，他徒有一身医国之能，却缺了医国之机。他一生著书无数，其中不乏直切清王朝痛处的忠言，然而忠言注定逆耳，也注定难以被掌权者接受。

龚自珍含恨而终，至死未实现挽救家国的大志。但他的理论并未随其死亡而泯灭，在戊戌变法期间，他的思想就受到了康有为的重视。

龚自珍何其不幸生于清朝，而清朝又何其有幸得到龚自珍。

龚自珍的背影永远留在了清末，终无缘见到新时代的诞生。

但他像是时代革新中的一段钢筋，即使无法见到高楼砌成的盛景，却也是高楼之中不可或缺的一部分，最终，与这幢高楼一同被人永远铭记。

第二辑

中朝·波谲云诡

东方朔：复姓东方，大名滑稽

（约公元前154年—前93年）

今人对他的评价褒贬不一。有人说他是个官场失败的典例；也有人说他是入世之典范、狂士之翘楚。

提起汉代文人，首先出现在人们脑海中的常常是司马迁、贾谊、董仲舒等等。他们或成就了千古巨著，或写就了千古名篇，或是在中国历史的上游撼动了整条中华文化大河。

而东方朔此人，存在感则低了不少。许多人在见到这个名字时，或许根本无法在脑海中检索到他的相关信息。

身为《滑稽列传》中鼎鼎大名的人物，他的一生可谓是把"滑稽"贯彻到底。他的故事，不如贾谊的感人，也不如司马迁的励志，却有其自身的独特性。

东方朔独特就独特在特别会做人，尤其是特别会做下属。他看似直率放荡，其实极度圆滑，所以后世人才会给他"入世则学东方曼倩"的评价（东方朔字曼倩）。

其实，年轻时的东方朔也是很想在官场走正常程序，正正经经做个官的。读书人嘛，谁不想凭靠知识来改变命运呢？

东方朔以滑稽出名，所以他的滑稽很多时候就掩盖了他出众的才华。其实，东方朔能称得上一位学者。他广涉百家之言，是位名副其实的综合型人才。

但很快，东方朔就发现，自己一肚子学识，却没人举荐自己做官。汉代选官制度是察举制，即官员举荐有德有才的人做官，而不是后来出现的较为公平的科举制度。

无人举荐，那就自荐。

古有毛遂，今有我东方曼倩。官员什么的根本不配读我的自荐书；要自荐，就向全天下的顶头上司——汉武帝自荐。想到这，东方朔干劲十足，立刻就动笔开始写自荐书。

东方朔的自荐书成功地让他"一鸣惊人"了。倒不是因为这篇自荐书文采有多出众、政见有多高明，而是因为这个男人写满了整整三千片竹简。《史记》载，汉武帝读他的自荐书，耗时两个月。每次读完要画一个小记号，第二天再继续。

可能也只有汉武帝刘彻这样的皇帝才会乐呵呵地读完。换个暴躁点的皇帝，指不定就把竹简往侍从脸上招呼了。

这篇自荐书极为详细，甚至详细到连作者读过四十四万字、身高九尺三寸都写得明明白白。

汉武帝对东方朔青眼有加，让他到公车署，也就是当时的人才引进所等候召见。不管怎样，东方朔总归是自荐成功了。从这时起，我们的东方小哥总算是迈开了腿，踏入了一片崭新的天地。此时的他，似乎已经见到了自己不久之后封侯拜相、家财万贯的生活。

却不想，东方朔好不容易挤进官场，命运却不断往他脸上甩巴掌。到了公车署后，他迟迟等不到皇帝的召见，更严重的问题是，他的工资根本不够花。当然，这或许是他花销太高的缘故。至于他为何花销过高，后文会有提及。

提问：朋友看不起，同事老嘲笑怎么办？在线等，挺急的。

谢邀，我是即将知名的学者东方朔，人在朝堂，刚上公车。这个问题我比较有资格回答。面对这种情况，讨得上司欢心才是第一要务，同时，还要让那群汲汲于功名的凡夫俗子知道，是他们不理解我大隐于朝的决心。

我们的东方小哥不负众望，靠着天生的滑稽成了汉武帝的开心果。某天，被陛下冷落在公车署的东方朔决心刷点存在感，于是去吓唬和他同一个单位、主业养马的侏儒们。他跑到他们面前十分沉痛地宣告，陛下下诏，今年大汉要消灭庸人，你们打不得仗也治不了国，没啥用了，就要被干掉啦。

一个敢说，一群敢信。那些侏儒火急火燎地跑去汉武帝面前求情。汉武帝被整蒙了，就把那个写长文的小哥叫出来问罪。

东方朔理直气壮地说，我堂堂九尺男儿，却跟一群侏儒领一样的工资。要知道，吃同样的饭，身长三尺的侏儒们吃可能会撑死，但给身长九尺的我吃，我可会饿死。这可不成，我要辞职！

汉武帝笑着大喊——壮士留步。

从这时起，东方小哥终于向汉武帝的心迈进了第一步。

这之后，东方朔对讨皇帝开心的努力从未停止。

一次，汉武帝玩射覆，将壁虎藏在盂中，令宾客猜测盂中是什么动物。别的文人武将都大为苦恼，只有东方朔对这些"旁门左道"格外精通。他捋捋小胡须，一猜即中。看着陛下惊喜的表情，东方朔骄傲地笑了。看，我终于走进了顶头上司的内心，成了他的开心果。

然而，东方朔也不是每次都能掌握好搞笑力度。比如有一次，他就玩大了，竟然醉酒后在大殿上小便，还被抓了现行。这对于皇帝来说是难以忍受的侮辱性的行为。但令人惊奇的是，东方朔竟然只被汉武帝免职，并且不久之后就被再次起用。如此恩宠，实在少见。

人们常说"盛世不杀有才之士"，其实在汉武帝这里，还有一句"盛世不杀喜剧人"。

上司搞定了，该轮到那群无知同事了。东方朔平时十分喜欢吹牛，也时常吹牛过度，久而久之就引起了同事们的不适。于是他的同事们纷纷问道："你说你才比苏秦张仪这两位先秦名臣，怎么不见你也做他们那么大的官呢？"

东方朔打了个悠长的酒嗝："嗝，你看这你就不懂了吧。苏秦张仪之所以身居要职，是因为周室衰颓天下大乱，如今正值承平盛世，哪用得着我大显身手？我喜于盛世带薪隐居，还要应付你们这群俗人，唉，人生真累。"

他的那群同事被气红了脸，却只能悻悻而归。

当然，如此"优秀"的东方先生也是有缺点的。

比如说，喜欢小姐姐，特别是漂亮的小姐姐。

赏金？换成美女。赏帛？换成美女。一般来说，每过一年，东方府的后院都要更新换代一轮。前文已提到，他俸禄不够可能是花销过高导致的，而东方朔账单上的主要开销，只怕也在他后院的美人身上。宫词云"玉颜憔悴三年"，咱东方府比后宫还可怕。这也是东方朔争议最大的一点。东方朔抛弃了他眼中"俗人"的圈套和规矩，但却始终没有犯过特别出格的错误。当然，除了酒后小便那一回。

这里的"出格"，是指上司的底线。东方朔太清楚一个皇帝的底线在哪了，只要不触及皇帝最看重的权力、不辱皇帝的威名，他犯的这些小错，都能被皇帝一笔揭过，甚至还给皇帝枯燥的生活带来了快乐。皇帝也是普通的人，在一般人眼里，一个满身缺点但才能出众的滑稽臣子，当然比一个不苟言笑还天天骂皇帝的直臣要讨喜得多。

东方朔寿终于六十一岁。对于一个汉朝人来说，这个年龄已经算得上高寿了。他这六十一年，虽没有位极人臣，也算不得家财万贯，但可以说是活得相当"浓墨重彩"。

有人说"对滑稽友，如阅传奇小说"，东方朔当得起这句话。他的一生不算成功，但确实精彩。

但这六十一年，也不能说没有遗憾。

并非无明明德于天下之志，并非无治国安邦之才。他曾劝汉武帝"以道德为丽，以仁义为准"，劝他学习文帝，以勤俭之风教化百姓。汉武帝欣然采纳，还给他升了官，然而，他也并没有多放在心上。

嬉笑了一辈子，他最后还是没能实现少年时的梦想——做一个顶天立地的人。

他嬉笑久了，汉武帝已经忘记他不仅可以做开心果，还可以是直言上奏的能臣。最可惜的是汉武帝喜爱他、宽容他，却独忘了重用他。陛下，只需要他做个相声演员。

所谓大隐于朝，大抵是自我排解罢了。对东方朔来说，让皇帝喜欢他轻而易举，但让皇帝成为他的知己，却难如登天。

他的一生确有传奇、小说一般的精彩。他不算一个熟读经典的贤臣，也不是一个贪得无厌的佞臣。他有自己独特的灵魂，不算太清高，也不落世俗。他的人格有种难以说清的魅力。他让人不由自主地喜欢，虽然他并没有那么完美。

萧衍：梁武帝的帝王生涯

（公元464年—549年）

这是一个很美的名字——

萧者，蓼彼萧斯，零露湑兮。衍者，从水而行。

清晨，湖畔，挂着露珠的艾蒿，恰如萧衍本人。他叫萧衍，一个一生如诗的君王。

按中国人的传统眼光来说，梁武帝萧衍应当算是一个很合格的皇帝。

他能满足人们对于一个骁勇善战、宽厚勤俭的开国皇帝的所有想象。而他建立的梁朝在南北朝年代也算是比较安定的一个朝代。

读他的传记时，我常常感到疑惑，功与过要如何分辨，比如萧衍，半篡权式地建立王朝，为什么不会被指责，反而被认作千古明君？

忠与奸、明与昏，要如何界定？

要寻找答案，不如先来看看萧衍称帝的过程吧。

在魏晋南北朝年代，门第是一个人出人头地的重要条件，甚至很大程度上决定了一个人终生的地位。很幸运，萧衍出身名门，他一出生就拥有了不少特权。

他出生在萧家，而"萧"这个姓氏，在当时，可是名副其实的大姓。

若说生在魏晋这个兵荒马乱的年代，是萧衍倒了大霉；那作为世家子弟出生，就是上天对萧衍的眷顾。

但凡是一个稳定的君主集权朝代，过大的家族势力几乎都会被抑制。

但是南北朝时期不同。

南北朝的君主与世家形成了非常危险的共生关系。朝廷的文臣武将，甚至君主本身也来自世家。打压世家是一件非常危险的事。不仅因为当时的宗族势力盘根错节，更因为当时的教育资源都被世家垄断，故而有才能的文臣和将领大多也来自世家。

打压名将无异于自毁长城。

萧衍并不是个游手好闲的纨绔子弟，他与沈约、范云等人一同游于萧子良门下，并称"竟陵八友"。这看似只是文学成就，但对萧衍来说，其实远远不止于此。

人们对文名极盛的人总有莫名的包容性，仿佛这样的人总与正义、清廉这些褒义词联系在一起。不仅如此，沈约、范云也算是他日后建功立业的老班底，给他称帝带去了重要的人才支撑。

凭借着过人的家世与少年成才的文名，萧衍一入仕就赢在了起跑线上。他并不如常人一样需要从底层打拼起，一入仕，他便做了王俭的手下。

在当时，王姓是名副其实的大姓。显而易见，王俭也不是什么无名之辈。王俭很小的时候就承袭了父亲的侯爵之位，长大之后也一直位居高位。能做王俭的手下，可见萧衍的仕途起点实在很高。

萧衍从王俭下属开始，一路高升，后来竟升任了太子中庶子。作为一个臣子、一个武将，当时的萧衍很对当时皇帝萧鸾的胃口。萧衍不仅是一个优秀的将领，还是个儒将。他战功赫赫，是位能保家卫国的好将军。虽然萧鸾不会想到，萧衍守住的疆土以后都成了他自己的领土。

萧鸾十分重视萧衍的才能。即使萧衍曾战败，萧鸾也并未惩罚他，反而仍任命萧衍做了雍州刺史，管理雍州的防务。萧鸾不会想到，雍州将会成为萧衍反叛的根据地，又或者说，即使他能想到这一点，恐怕也无力阻止威名和势力日渐膨胀的萧衍。

萧鸾病死后，即将登场的是南北朝有名的呆瓜皇帝——萧鸾的儿子萧宝卷。这个萧宝卷应该是南齐这么多年最有名的纨绔大少，他智商掉线，脑子里只有吃喝玩乐，一举一动都符合亡国之君的标准。

萧宝卷暴虐无道，贪婪骄奢，沉迷酒色，还滥杀无辜。在他的认知里，皇帝这个位置大概也就这么个用，这是个好玩的游戏，而不是个举足轻重的职业。萧宝卷亡了国，实在是意料之中的事。

萧宝卷的荒淫，为萧衍的反叛提供了正义借口以及民心。人民越反感无道君主，就越期待贤能的新主。在当时，能充当这个角色的人只有萧衍，所以，萧衍的反叛得到了万众响应。

萧宝卷直到亡国前还丝毫没有危机感，还在憨憨地杀人。杀谁？不是叛臣叛将，而是自家文武大臣。这和把刀递给敌人有何区别？萧宝卷在做皇帝的美好中迷失自我，难以自拔。

萧宝卷胡作非为的后果是，有个叫王珍国的将领给萧衍秘密送去一块明镜，然后砍下萧宝卷的头颅献给了萧衍。

此事看起来很荒唐，但也更能说明，萧衍在当时有多得人心。当然，萧宝卷也不算冤死，他确实可以算是个该死的人。

后来萧衍随便抓了个叫萧宝融的傀儡皇帝。自然而然地，萧宝融使用没多久就被丢弃了，听说是"暴病"而亡。

至于他到底是怎么死的——

嗯，大家都清楚，但大家都不说。

梁武帝萧衍为世人称颂的主要原因，主要就是他称帝之初的政绩。与那些不太对劲儿的南齐皇帝不一样，萧衍也姓萧，却实在是个三好皇帝。

具体是哪三好呢？好在勤政，好在节俭，也好在爱民。

甚至还有个从小就是三好学生的长子——萧统。

萧衍自律到什么地步呢？可以说他吃饭都只是为了活命。萧衍一天就只吃两顿，有时候工作忙，一餐饭就用稀粥对付了。不仅如此，他开设木函，方便臣下和民众寄建议信。萧衍如此广开言路，也为人所称道。

也许不仅是其早年，终其一生，萧衍对国、对民、对亲族都有种如佛一般的慈悲。萧衍身上也有帝王的一些通病。他有时也猜忌、多疑，但是让他真的狠下心处置他所猜忌的人，可能也真的很难做到。

他的弟弟萧宏与郗皇后过世后留下的大女儿私通，甚至打算篡位，他也没有下重手。

慈悲，是他的天性，也决定了他的命运。

至于他为帝后由明到昏始于何时，我无法找到一个明确的转折点。也许一切从萧综叛变开始。

吴淑媛是南齐萧宝卷留下的美人，而萧综是吴淑媛成为萧衍的后妃七个月后生下的儿子。关于萧综的生父到底是谁的问题，人们一直争论不休。以当时的医疗条件，怀胎七月生下的早产儿几乎不可能存活，所以他的生父是萧宝卷的概率更大。按理说，萧衍无论如何都要杀了萧综。他对萧衍来说，不仅是顶有颜色的帽子，更是前朝余孽，是无穷无尽的祸患。

但是，萧衍他把这顶有颜色的帽子狠狠地扣紧在自己头上，对萧综视同己出。

但萧综还是辜负了萧衍的喜爱和信任。他在一次领兵北上的途中叛变。其实不必对他的不知恩去做过多的批判，因为，对血脉的执着，是刻入中国人的骨髓的。

数百年，数千年，至今，这种执着仍未淡去。无论养父对自己有多好，生父有多混账，认祖归宗，都是他，甚至是大多数中国人永恒的愿望。

而寄人篱下，特别还认灭亡生父的江山的人为父，是巨大的耻辱。

萧综的叛变给了萧衍巨大的打击。他杀了吴淑媛，但不久又念及旧情为她恢复了名号。经历了这些事后，我们的这位优秀的皇帝正在迅速老去，心灵的疲倦，令他难以再像年轻时那样充满干劲。

次年，与他相携大半生的贵嫔丁令光逝世。

五年后，他寄予厚望的长子萧统逝世，谥昭明太子。

"昭明"二字，出自《大雅·既醉》。

"既醉以酒，尔肴既将。君子万年，介尔昭明。"

然，没有君王能万年，也没有昭明能光照万世。

相传丁贵嫔逝世后，萧统曾因蜡鹅厌祷之事与父亲产生隔阂。后游船时不慎落水，病终。

萧衍重视亲情，无论长子与他有多少隔阂，这份情永远不会泯灭。父母与长子的感情永远是最深重的，就算幼子多受照顾，长子出生时，初为人父母的喜悦，是今后再也无法重现的。

更何况，身体大不如前的萧衍已经做好准备，把梁朝的江山完完整整地托付给博学多才的长子。

故而这份伤痛，难以愈合。

萧衍看破了红尘。郗皇后与丁贵嫔皆去世，两个儿子一死一叛，他看透了自己的孤独。

他决心遁入空门，先后三次出家，皆是朝廷花大价钱赎回。此时，侯景势力暴涨，但是萧衍的佛性让他无心制止。一个一心出家的皇帝如何对付一个杀气腾腾的乱臣？以至于在八十多岁时，萧衍被侯景囚禁后饿死。

相传侯景闯入萧衍寝宫时，为其佛性所慑，竟十分慌乱。

萧衍轻轻说道，不要伤及百姓。

他的佛性，一直都未曾消失，只是此时展现得最淋漓尽致。这一生，他的美名来源于此，最大的祸患同样来源于此。

一位曾驰骋疆场的伟大君王竟不得善终，令人无奈，令人嗟叹。

他死后，纵有萧纲等明君涌现，梁朝逐渐衰弱的命数，仍无法逆转。

然萧家血脉从未曾断绝，萧统的曾孙萧瑀成了唐的功臣，列位凌烟阁。

萧衍的子孙，即使亡国之后，也未负祖上天下一统的理想。

南北朝是一个纷乱的年代，而萧衍在这个黑暗无光的时代，给了南方人民一个休养生息的机会，可以喘口气过过日子。中国百姓温和而乐观，对于颠沛流离的百姓来说，明君治下，哪怕只有数年，也能让人看到生活的希望。

他的存在，曾代表着千万人数十年的安定与幸福。

他的仁善误了自己和自己的梁朝，但是我们仍无法去批判他的仁善。

君子终无法万年，也无法高朗令终。

然曾经昭明，何须景福。

曾经明亮过，此生无悔。

杨素：忠奸一念

（？—606年）

杨素身上的争议很多。他算是有才之士，称得上能臣，年少时也算得上是有气节，但最终却晚节不保，落得奸臣名声。

其实说到底，杨素只是个庸人。他心高气傲，向往高洁名声，却无法抵得住权势名利的诱惑。道德与名利无法两全，杨素在摇摆之中选择了后者，却身陷其中，被权势的炽焰烧了个干净。

操守的破裂，让他头顶乌纱帽的一生显得格外滑稽可笑，也令后世无数人摇头叹息。

忠与奸之间，是被他遗弃的清节。

…………

杨素常因出身贵族，又主要活跃在隋朝大舞台上，而被误认为和杨坚有血缘关系。其实这完全是无稽之谈。

杨素的父亲叫杨敷，官至骠骑大将军。这个官名那是相当响亮的，在当时，骠骑大将军就是武官团体内的一二把手。甚至杨素的老板杨坚，也在这个职位上待过。

而杨坚出身弘农杨氏，但据陈寅恪先生考证，他并没有这么响亮的背景。弘农杨氏这个名头是他瞎扯的。不管怎样，可以确定的是，杨素往上数十八代，都和杨坚没有关系。

杨素年少时第一个赏识他的人，是他的叔祖。

杨素的叔祖叫杨宽，一生官运亨通，在北朝混得风生水起。常年在官场的打拼使得杨宽的目光锐利万分。官场嘛，没有识人之明是混不下去的。

他摸了摸胡须，发觉杨素这孩子的脑子非常好使，可谓是天赋异禀。于是，他当场断言，这孩子只要好好努力，将来出人头地不成问题。

但千余年前的杨宽不会想到，后世人们记住他，竟然大多是因为他有个叫杨素的侄孙。他同样不会想到，自己随口点评过的侄孙，最后会左右一个王朝，甚至整个中华历史的走向。

只不过，他的侄孙作来作去，最后把自己作没了。

杨素仕途的起点，源于北朝重臣宇文护。宇文护是个有帝王之才的权臣。如果他是皇帝，有如此出众的才能那再好不过；但当他只是个臣子时，帝王之才，就会成为他最大的危险。

臣子只能是剑，必须被君王稳稳当当地握在手心。若臣子同样是执剑者，那就只有两条路可走：要么除去另一个执剑者，也就是弑君；要么，就是被君王的忧虑和忌惮吞没，变作冤魂一缕。

而宇文护，不幸地，被迫走上了后一条路。他被宇文邕亲手斩杀，连带着杨素也受到了牵连。

杨素是把质量过关且非常好使的剑，但毕竟曾属于宇文护。在宇文邕看来，这个二手臣子并不安全。

然而，杨素却很快用另类的方式得到了宇文邕的肯定。

杨素的父亲杨敷死于北齐，但却没有得到应得的追封，这让杨素非常恼火。他开始反复上书，其频率高到本不打算理他的宇文邕也烦到不行了。

宇文邕大怒，当即打算下诏一巴掌呼死杨素。

但杨素却丝毫不慌。他甚至大呼："我侍奉的君主非常无道，是个昏君，我死是应当的，这是我的本分。"

而此时，幸运女神第一次眷顾了杨素。

宇文邕不是一个昏庸之人。在恼怒过后，冷静下来的他，看见的是一个忠君孝父、有胆有识的有志青年。

宇文邕一拍大腿，这人不错，朕要重用。于是他大笔一挥，杨素的父亲得到了追封，杨素本人也成了车骑大将军，这是和骠骑大将军相差无几的重要官职。

杨素的才能是谁都无法质疑的。他的才并非学术研究之才，而是行军治国之才。别的不说，单说这个官职，杨素确实受之无愧。

在一跃成为中央官员之后，杨素被要求为宇文邕起草诏书。

对诏书来说，最重要的，不是内涵深刻，不是引人深思，而是要足够漂亮。诏书只有被皇帝的御用诏书代写修饰得足够华美，才能体现陛下的文采。

这正好是杨素的强项。他的文字，恰好是绣花皮囊里全是草的类型。若要他写出有深刻内涵的文章，那抱歉，他做不到。但要他写点华丽的，这还真是极为简单的事。

看完杨素代写的诏书，宇文邕非常满意，这小伙子很不错。他拍拍杨素的肩膀，鼓励他说："努努力，以后不愁富贵。"

但此时的杨素是个清高文人，满怀尽是圣贤心，金银这等俗物，在此时的他看来，是对他的羞辱。

所以，他仰起头来，骄傲地答道："只怕富贵来逼臣，臣无心图富贵。"

杨素并没有想到，这句话里的每个字，将来都是呼在他脸上的巴掌。

这脸，打得够狠、够疼、够响亮。

年少时的杨素也曾经是个清高有节的儒生啊。

他忘了，北周人忘了，隋朝人忘了，但史书还清清楚楚地帮他记着，记着他的少年时，记着他的少年心。

当然，也不排除他这么说是有消除宇文邕疑虑的可能性。假设这是宇文邕的试探，其实也说得通。

就在宇文邕愈加重视这个小青年时，杨素忽然提议带领自己父亲的老伙计们攻打北齐，把高家一窝端掉。

为报父仇，为报君恩。

宇文邕欣然应允。史载，他把一条竹鞭赐给了杨素，并期望这条鞭子有打在高家人身上的一天。

这场仗的开局并不顺利，这主要是杨素的猪队友，也就是宇文宪导致的。这人听闻对方君王御驾亲征，就被吓得上蹿下跳，以至于北周军连连败退。

此时，幸运女神第二次眷顾了杨素。

猪队友的存在给了杨素一个恶劣的战局，但也恰好给了杨素展现才华的绝好舞台。从军打仗是杨素最拿手的老本行。在他的疯狂输出之下，北周成了最后的胜者。

宇文邕此时才意识到，自己从宇文护的武器库里捡到真宝贝了。一个能扭转战局而且不存在有什么威胁君王的可能性的好将军，自然是每个君王都需要的。更何况，北周身处乱世，江山未定。这种情况下，杨素在宇文邕眼里的重要性当然又多了一层。

此后，威望日胜的杨素又带着他的伙计们，受命跟随王轨，攻打企图趁着北齐身陷战局捡漏的南陈军。南陈军因此被狠狠揍了一顿，南陈主将也被北周抓走。

遇到年轻时的杨素，南陈可以说是倒霉蛋无疑了。

大破南陈军归来，杨素成功加官晋爵，得到了他"万分嫌弃"的富贵。

军功，杨素挣得够多的了。到了这时候，若还想往上走，就要依靠别的手段了。

三年后，宇文邕驾崩，被扶上皇位的是地主家的傻儿子宇文赟，这名字音同"晕"。

不得不说，宇文赟确实当得起这个名字，因为他真的非常晕。

宇文赟觉得治国好累，他急需漂亮姐姐的安慰。所以，他把朝政丢给了岳父杨坚，自己则泡在内宫享受。但这样的快乐并没有持续多久，他就把自己玩死了。

享乐而死，着实丢人。

就在这朝政风云变幻的时刻，杨素瞅准了杨坚，这人和他一样老谋深算。所以杨素认定，跟着他混，就一定能吃香的喝辣的。

于是，杨素火速投入杨坚麾下。

杨坚仔细一想，杨素这人从没想过做主子，地位也比自己差上许多，而且又确实很有才，能收入麾下，还是很划算的。

所以两人深相结纳，成了"情谊深厚"的政治朋友。

说是"情谊深厚"，其实真若杨坚失势，第一个跑路的指不定就是杨素。

而这，是幸运女神第三次眷顾杨素。

他跟对人了。

杨坚是个目光长远的人。宇文护的死还只是八年前的事，杨坚很清楚，权臣不是个能长久安身的身份。

所以在不久后，倒霉鬼周静帝就被迫"禅让"，把江山交给了杨坚。

杨素的风险投资获得了极高的收益，他成了御史大夫，相当于副相。但就在他前途大好之时，却险些被自家夫人亲手搞垮。

他的夫人郑氏凶悍非常。一日，饱受压迫的丈夫杨素奋起反抗，指着郑氏的鼻子骂道，如果我做皇帝，你绝对当不了皇后。

事实上，杨素也只是被气饱了，偶尔口不择言。但他的夫人却彻底被引爆了，她跑去向杨坚告状："不得了啦，我老公想篡位。"

很荒唐，但杨素确实被免了官。要不是他功劳很大，而且还有用，指不定满门都保不住。这么看来，郑夫人的行为确实是挺令人费解的。

这，是幸运女神第四次眷顾杨素。

因为隋朝江山未稳，杨素还是个好用的将军，所以杨坚绝不会因为他被激怒后的口不择言就彻底放弃他。

免官，其实也只是意思意思。在杨素为灭陈献策之时，杨坚再次重用杨素，令他随军出征，拍死陈朝。

陈朝，一个高产荒唐君主的朝代，其荒唐程度堪比北齐。陈朝历史相当于史实版《笑林广记》。

就在杨素正在仔细思索如何渡长江之时，他发现陈朝士兵都忙着割隋朝士兵的鼻子。

是的，没错，人家的军功是按鼻头算的。

这样破破烂烂的国家，杨素打起来轻松极了。不知道的，可能还以为陈朝人都在忙着把国土往隋朝兜里塞。

灭陈之战以后，杨素又成功扑灭了不少叛乱，他也凭借军功成了宰相，与名相高颎并肩。几乎可以说，他已经算是位极人臣的高官了。

但不够，杨素觉得，还很不够。

地位越高，越容易贪得无厌。若为平头百姓，也许混上个有油水可捞的小吏就心满意足了，但若位列宰执，那就不同了，总会想着再进一步、再进一步。

于是，杨素又开始下注，这次风投，他选择了杨广。

第一个原因，是他看见了杨广的野心。为了迎合独孤皇后对一夫一妻的向往，杨广把自己收拾成了一个对嫡妻萧氏无比忠诚的好男人。而与之形成鲜明对比的，是疏远了独孤皇后所挑选的嫡妻而宠爱妾室的太子杨勇。

独孤皇后对杨勇的行为明确表达过不满，但杨勇丝毫没有悔改。独孤皇后作为为隋朝打下半壁江山的女人，对皇储的选择是有很大话语权的。杨广以此轻松获得了母亲的支持，而杨勇却始终浑然不觉。

不得不说，在很多方面，杨勇确实比杨广神经大条很多。

第二个原因，是扶持一个非太子成为皇帝，比支持现有太子成为皇帝，收益大得多。

杨素把身家性命全部押在了杨广身上。为此，他伪造诏书，他排除异己，他干过了所有乱臣贼子该干的事情。

他杀了太多人，其中，有皇亲国戚，有隋开国功臣。凡对他有威胁的，或他看不惯的，无不要么直接丧命，要么被囚禁至死。

死于他手下的，甚至包含杨广的亲弟弟杨谅。

扶持杨广，是杨素最大的黑历史，他用行动坐实了自己奸佞的罪名。

为了什么？

为了权倾朝野，为了万贯家财。

人是会变的。

只有真正的硬骨头，才能撑起一个人的本心，才能支撑一个人矢志不移。

而真正能做到的人，定能被历史铭记，能被万世歌颂。但，这样的人太少太少了。

杨素终是个俗人，最多也只能算是个曾经硬气过的俗人。

杨广登基是幸运女神第五次眷顾杨素，也是最后一次。

杨素算准了杨广老谋深算，却未曾想到，这个多疑到变态的君王有一天会把怀疑的目光转向他。

杨广不需要亲臣，更不需要权臣，他想要的是掌控一切。为此，他可以不择手段。在扫除异己上，他比杨素更狠。

杨素活成了第二个宇文护，只比他的老上司体面那么一点点。

在杨广听说隋朝会有重大丧事发生时，他立刻封杨素为楚公，希望他能为自己抵挡不幸。

此事让杨素意识到了不妙，但既然坐到了这个位置，就没有了后路。

后来杨素重病，杨广派医生日夜监视。绝望之中的杨素拒绝治疗，最后无奈过世。

他死后，其子杨玄感叛乱。而杨玄感之叛，无疑在他爹的黑历史上又重重添上了一笔，在他爹本就烂到了根的名声上又补了一脚。

那个视富贵如侮辱的小青年，最终干尽了坏事，成了行走的奸臣教科书。

再聪明的人，也难算尽一生。

人，最需要的是智慧，而不是聪明。

如杨素。

谁见了他的生平，都得叹一句好聪明，笑一句好傻。

到最后机关算尽太聪明，反误了卿卿性命。

韩愈：大佬的自我修养

(公元 768 年—824 年)

何谓家国？

也许韩愈自己也不清楚，他守了一辈子的东西，到底是什么。

是君王、百姓，还是虚无缥缈的忠义？

二十四岁时韩愈考中了进士，推开了官场气派的大门。这时的他的眼里，忠君与功成名就，这两件大事就是因果关系。

没办法，每个刚刚入仕的小年轻都容易这么想，毕竟他们读了多年的书里就是这么写的。

但他们没有考虑到的是，书中的道德大义是被神化的理想追求，而他们面对的朝廷，则是含黑量拉满的人性与现实。

也许钓了一辈子鱼，也不会有个周文王为你停下车驾。

但韩愈是幸运的，在博学宏词科考试挂了三次之后，他被当时的宰相董晋推荐，成功步入仕途。

可惜没等初出茅庐的韩愈在官场站稳脚跟，董晋就去世了。

但是，也恰恰是刚去世的董晋，让护送他的灵柩出长安的韩愈躲过了四天后的宣武军叛乱。

被军中叛乱波及的后果，请参考安史之乱中滞留长安的杜甫。

这段时间韩愈十分贫困。士农工商，古代四大能谋生的行业，严格来说，现在的他哪个都不算。他只是个由兄嫂抚养长大的贫苦书生。

也许这段时间的磨难，成了韩愈一辈子对底层文人有很强同情心的缘由。人在贫苦时期的记忆，是最难以磨灭的。

命运最终还是向韩愈倾斜了。他遇到了人生中最大的伯乐——李实，一个唐朝宗室子弟。

在李实的推荐下，他非常顺利地成了监察御史——一个无比适合韩愈的职务。一个想辅佐皇帝整肃朝纪的青年成了监察官，这可真是再合适不过了。

但是上任不久的韩愈就遇到了一个巨大的难题。贞元十九年关中大旱，但是有关官员却选择了瞒报，摆明了要把陛下当个宝宝哄。

最令韩愈纠结的是，瞒报灾情的官员恰恰是不久前举荐韩愈的李实。如果韩愈告发他，则多少显得有点不够意思。

但韩愈拍案而起，江山之大，百姓为先。他上奏的态度十分坚决，身边众臣眼里的嘲讽也十分明显。也许当时他们正在窃窃私语，一个没当多久官的监察御史，还真把自己当根葱了。

皇帝的恼怒是韩愈早就料到了的。当时在位的皇帝叫李适，但李适不是李世民，不会愿意在一大片的歌功颂德声中听见一个不和谐的批评声音。

文死谏，是一个忠臣的宿命。

韩愈很清楚这一点，也无奈地接受了此后十年接连遭贬的坎坷命运。

韩愈的忠是毋庸置疑的，但他并非只忠于皇帝，这注定他永远没法成为皇帝的宠臣。

这个文人的心里，有黎民苍生。

所以即使面前是站在权力顶峰的皇帝，他也会冷脸相对，因为君主之责，在于养民。

此为君子之道，或者说，这是韩愈所理解的君子之道。

告发李实之后，韩愈在被贬和受赦之间不断循环。好不容易唐宪宗即位，他受赦成了一个小官。可惜几年之后，他又被贬走了，不可谓不惨。

直到他写下了《进学解》，并被当时的宰相李吉甫所同情，这十年的坎坷命运才算终结。

他成了史馆修撰，主要负责记录唐顺宗李诵在位时期的历史。

一年后，韩愈收到了朝廷赐予的绯鱼袋，绯色也就是深红色，这意味着韩愈终于进入了官场的中上层，总算是混出了名堂。

可惜韩愈的好运并没有持续多久。

或者说，他根本就没打算在一个还不错的官职上安安稳稳地过一辈子。

他永远都不是那个能静静躺平的人。

这天宪宗心血来潮，打算把佛骨接到宫中奉养几天。他一个人闹腾也就算了，可皇帝是全国百姓的时尚风向标。宪宗迎佛骨，使得佛学地位大增，导致许多长安人都以崇佛为傲。

韩愈扶额，这下坏了。

僧侣太多对任何朝代都不是什么好事，对人口数量和税收都有极大的冲击。而这两样恰是国之根本。

他急忙写下了《谏迎佛骨表》，该文文采很棒，句句都铿锵有力。

句句都写在了皇帝的怒点上。

被贬去潮州的路，韩愈走得很坦然。照他自己说，他韩愈仰不愧天，俯不愧人，内不愧心。

让他憋着不说，才是对身与心的双重折磨。

令韩愈想不到的是，到潮州之后，他遇到了一个让他直接进化的妙人。

且说当时韩愈把车帘子拉开，一转头就看到了一个长得很草率的大和尚，还有一对不太可爱的虎牙。

韩愈本就是因佛被贬，此时见到和尚能有好感才怪。回到官舍，韩愈暗戳戳地想，总有一天他要敲掉那个憨憨和尚的牙。

不想，第二天和尚登门拜访，把一个小布袋递给了韩愈的家童，布袋里竟然就是他的一对虎牙。

韩愈当时十分震惊，一问才知道那个和尚竟然就是极有名的禅师大颠。

于是二人就顺理成章地成了朋友。

某日两人同行，大颠忽然问起韩愈因佛被贬的事。韩愈理直气壮地回答，国之正统当为儒，佛教盛行于国于民何益？

大颠不急不躁，盗跖的狗因为不认识尧而冲着尧狂吠，你未读经书就冲着佛教开火，与盗跖的狗何异？

韩愈沉默了。

韩愈被贬潮州期间，还发生了一个极为有趣的故事。当时潮州鳄鱼非常嚣张，潮州人民苦不堪言。身为一方父母官的韩愈重拳出击，他带领当地民众干了一场规模极大的战役。

他们召集八百大汉勇斗鳄鱼吗？不，他们摆了一桌祭坛。

韩愈铿锵有力地在江边朗诵自己刚刚写成的《祭鳄鱼文》，并将不少猪羊投入江中。

看似不靠谱的方法，竟使鳄鱼真的西迁六十里。

关于为什么能成功驱逐鳄鱼，可能是因为唐晚期是从地质间冰期向冰期转化的时期，鳄鱼迁徙应当与气候变化有关。

宋人衣着普遍比唐人厚实不少，也与此有关。

820年，韩愈在地方上熬了还不到一年的时候，他的命运再次因为王朝更替而发生转折。新上任的唐穆宗李恒把他拉回朝廷，直接任命他为国子祭酒，不久后就成为兵部侍郎。

但是刚到任不久，朝廷又给韩愈丢去了一个贼大的难题，也就是说服叛将王廷凑。

让一个刚召回的老臣去解决千军万马，这还真不是人能干出的事儿。

但是韩愈去了。他不仅去了，而且去得毫无畏惧。

老人手持旄节，背影坚定，不可撼动。

依稀有千年前战国名臣游说敌国之势。

韩愈的面前是危机四伏的叛军，背后是瑟瑟发抖的朝廷。

也许是韩愈的气场实在太强大，也许是王廷凑自己也挺虚的，毕竟他还没有强到能以一己之力挑翻大唐百年基业的程度。这次退敌，韩愈还真就成功了。

事实上，这时候韩愈已经很老很老了，在入王廷凑军营之后的第三年，他就病逝于长安。

一个王朝最后竟要仰仗一个病弱老臣，实在是滑稽可笑。

也许这时候的唐，已经走向腐烂了吧。

我曾见过一个非常有趣的观点，安史之乱不仅是唐朝由盛转衰的转折点，更是中原王朝对外关系的转折点。

宋元明清一千年，无复大唐光彩。

韩愈和他的大佬朋友们，比如柳宗元和刘禹锡，都曾想倾力复兴古道，重振大唐，建造一个美丽和谐的新唐朝。

可惜他们所生的晚唐，正是大厦倾覆的时候。兵荒马乱的年代，人们没有闲心细细咀嚼他们古朴淡雅的文字，也没有途径实现他们君明臣贤、天下太平的夙愿。

…………

下次学到韩愈写的大长篇，别急着翻走，也别嘲笑他老板着脸整些虚无缥缈的大道理。

请务必认真学习他文章里的枯燥乏味的修身齐家治国平天下。

就当是为先人，圆一个盛世的梦。

唐宣宗李忱：余晖

（公元810年—859年）

李忱的人生不长，短短四十九年而已。

甚至，这四十九年中有三十六年，他都在隐忍中度过。

但，他执掌政权的这十余年，却能短暂承托起安史之乱后大厦将倾的唐朝，以至博来十年中兴盛世。

唐朝人说，这个宣宗皇帝身上，好似有太宗身影。他们的语气中似乎怀有憧憬。唐人，何人不忆贞观？何人不盼盛世？贞观已是两百年前的旧事，此时唐人心中，独剩昔盛今衰的辛酸。

然宣宗李忱，让被战火烧成灰烬的唐人的心，得以重燃起火苗。

说起李忱当上皇帝此事，是巧合，又似是注定。

他年幼时叫李怡，其母郑氏身份卑微，是入宫为婢的叛臣之妾，得到宠幸也是宪宗李纯的一时兴起而已。

不仅是婢，而且来自叛臣家中，这样的卑微已经不是无根浮萍所能形容的了。

然而卑微出身带给李忱的，也许并不只有坏处。

固然，因为卑微，他并不受宪宗重视。传说他身上出现过极不寻常的异象，比如生病时有金光照来，但宪宗并没有将其真的放在心上。可以说，从他出生起，就从没列入过宪宗心中的皇位继承人名单。

李忱只能忍，哪怕皇位在他的侄子中都已经传了三轮，他仍一声不吭。他曾梦见飞龙在天，便兴奋地告诉母亲，但郑氏只慌乱地捂住他的嘴，不断叮嘱他，切莫让别人知道此事。

年幼的李忱当时还叫李怡，或许从母亲恐惧或无奈的眼神里，他早已清晰地看见了自己处境的险恶。他必须躲避夺权者的注视。哪怕一分一毫的忌惮，对他来说也是致命的。

但，恰也是这卑微的出身，给了他冲出黑暗的希望。

武宗病时，其时手握实权的马元贽开始在李氏家族中挑选自己的新傀儡。故而，当时看起来不仅笨而且没什么外戚背景的李怡成了他选择拥立的新傀儡。

三十六岁，已经不算年轻，但对于皇帝来说，却是恰到好处的年纪。

恰到好处地历遍艰辛、褪去青涩，却又恰到好处地年富力强。

三十六岁的李怡正式改名为李忱，这是他第一次走向大明宫外，而落入他眼底的是晚唐饱受摧残的江山。李忱与江山的相遇似是上天注定。因为这个江山在等待一个明君，而李忱也在等待一个能让他展翅翱翔的江山。

登上皇位的李忱，首先面对的问题就是巩固自己来之不易的皇位。

想坐稳皇帝的位子，首先便要有人支持。李忱冥思苦想，发现自己的好侄子，也就是前一任皇帝武宗李炎，给自己留下了个做好人的大好机会。

武宗灭佛在当时是轰动天下的大事件。武宗此举其实是迫不得已的，因为唐朝其时本来就够乱了，如果本来应该去种地的人和本来应该上阵杀敌的人都跑去庙里当和尚了，那唐朝岂不就真的彻底完蛋了吗？

武宗一举灭佛，农民有了，士兵有了，财产也有了，却失了民心。因为他灭佛灭得太快了，也太急了，而宗教一事恰是急不得的。武宗突然命令百姓们都不准信佛了，没有时间缓冲，就会令人心生怨恨，觉得这个破皇帝怎么管得这么宽。

李忱敏锐地捕捉到了这个问题，他抓住这个当好人的大好机会，下旨允许寺庙拥有财产，并修复了一些寺庙。

他在破坏武宗的成果吗？不是的。农民还在种地，士兵还在平乱，抄来的财产也在库房堆着，但民心已回到了李忱身上。

搞定民心之后，李忱把目光投向朝堂。此时大唐的朝堂问题太多了。朝堂作为君王统治天下的工具，本应是极有秩序的，但此时的大唐朝堂，一方面是"牛李党争"闹得鸡犬不宁，一方面是宦党乱政胡作非为。无论哪方面，都让李忱很是头大。

一团麻再乱，从头抽起，最终也会解开。李忱先动手把牛李党争中李党的首领丢去外地，因为他认为，解决党争最快速的方法就是让一方彻底失势。

至于为什么是"李"不是"牛"，我百思不得其解。当时舆论上，其实李德裕的风评要好很多，甚至人言其外放途中，还有山女在雨中为他献花。我猜许是因为李德裕比牛僧孺小上足足七岁，日薄西山的牛僧孺再怎样已掀不起什么大风浪了。事实也是如此，他在李忱即位后不久就去世了。当然我不是李忱，终无法读懂帝王的所思所想。

清理牛李党之后，就是宦党。宦党是朝堂的瘤，一开始或许造不成大麻烦，甚至皇帝也不会真生提防之心。因为宦官毕竟依附皇权而生，他们永远无法真的取代皇帝。因此有些皇帝还把宦官作为夺权利器。但当这瘤子入骨渐深，乃至扩散全身，当宦党把持了王朝的各个通道，那这个王朝便得彻底完蛋，再也没得救了。

而让李忱格外头疼的是，他恰恰是宦党扶持起来的君王，若把宦党连根拔起，且不说舆论上的处境，对其统治也无疑附带了不少弊端。但任由马元贽只手遮天，这显然是绝对不行的。

于是，他选择了更为聪明的办法。

他先是让马元贽做了左军中尉，管理宫中禁军，这看起来倒是十分光鲜，其实却是半点实权没有。再就是用了一些只有聪明人才看得懂的威慑手法，让马元贽看似受宠光鲜，实则每天都胆战心惊。

比如，马元贽和宰相马植交好，还把御赐宝带赠给了他，李忱见到马植腰间的宝带，当场盖章罢相让马植下了岗。又比如，宦官李敬见了宰相不下马，就直接被李忱丢去衙门做苦役了。还有，李忱上位后便平反了"甘露之变"中蒙冤的一众忠臣。

这里说说"甘露之变"。在唐文宗时，宦党乱政的现象就已十分严重。唐文宗心生一计，他以赏露之名，想把宦党首领仇士良骗来宫里杀掉，不想却被仇士良发觉，反将一军。唐文宗再痛苦，也只能承认是被忠臣"迷惑"，然后接着受宦党钳制。

李忱平反了在"甘露之变"中蒙冤的忠臣，就是往宦党脸上呼巴掌。此举让马元贽十分惊恐，李忱平反了忠臣，那下一步呢？只不过，李忱只是让马元贽在战战兢兢中过了一辈子，却终没有杀他。甚至，因为拥立李忱，马元贽一个啥也不会的宦官还在史书中被记上了一功。

有一说一，在所有左右皇位的掌权者中，马元贽真是混得最丢脸的那个，不仅没捞到更大权力，反而连以前有的都没了。与唐宣宗不同，汉宣帝刘询见到扶持者霍光还会如坐针毡。到了唐宣宗这儿，反而是扶持者马元贽要如坐针毡了。这一切都怪李忱之前太能装傻。

哦不，是还好李忱这么能装傻。不然马元贽还能再逍遥很多年。

但清理完朝堂上这些杂七杂八的人之后，李忱看着朝堂，忽然觉得无人可用。他即位之时，大唐的精英大多都已离去。柳宗元当时已去世二十七年，韩愈当时已去世二十二年，刘禹锡已去世四年。他想到了白居易，可是白居易也已去世几个月了。这是明君与贤臣最为遗憾的错过。

当时也不是没有名人，比如温庭筠。如果是李煜，或许还会与他惺惺相惜，但李忱看见这等虽然会填词、但道德缺口极大、还不怎么会办事的人，就只会有多远丢多远了。

但盛产人才的唐，终究没有让李忱失望。第一个便是蒋伸，一个在李忱即位初年考中进士的中年才俊。为什么是中年才俊呢？因为他中进士时已经四十七岁了。话说蒋伸此人被重用，也是他自己没有想到的。他当时上书说官员太多，官位易得，容易引起混乱，这些皆是他的肺腑之言，也一字一句地敲在了新君的心上。新君大为感动，蒋伸随即受到重用。

另一个则是魏徵的子孙魏谟。李忱心中的贞观情结非常浓重，他的一言一行都在极力效仿唐太宗。这种情结重到，他还找来了魏徵的子孙魏谟, 希望模仿李世民纳谏。

不知是魏谟被李忱感动了, 还是魏徵的进谏基因一路传了下来, 这个魏谟竟真的直言敢谏, 一点委婉都不带的那种, 而李忱竟也真的笑着纳谏, 在当时被传为佳话。

巩固朝堂之后, 李忱的目光转向了更远的地方。朝堂, 京城, 天子脚下, 管起来当然容易, 可是天子要管的是整个天下。故而地方官员尤其重要。

李忱下旨, 所有的地方官员都要由他自己挑选, 还要定期在他面前考核, 不通过就不给官当, 就要马上收拾东西走人。不仅如此, 他还下令, 地方官员犯罪, 要连随行宦官一起罚, 宦官再无法无天, 也只能咬咬牙做大忠臣, 一点罪都不让官员犯。

妙啊, 真是太妙了。

后世有史家以此为例, 说李忱不通仁爱, 不懂为君的大节, 可能是他们认为, 为君应该懂得地之秽者多生物。我虽然不懂多少历史, 但以我不甚理智的目光来看, 他们说的这些话完全是在胡扯。李忱不是不通仁爱, 而是把律法摆在了比仁更高的位置。他其实会爱人, 他只是不会纵人。

相传李忱身边有个叫祝汉贞的欢乐喜剧人, 能逗得李忱拍腿大笑。可是祝汉贞不是东方朔, 他太蠢了, 以为自己获得了皇帝发自内心的喜欢。于是他开始干政。这下, 好家伙, 直接触碰了李忱最敏感的神经，被李忱直接送上黄泉路。还有个乐工叫罗程，也和上一位一样，觉得自己已经是皇帝心上必不可少的存在，可以为所欲为了。因此当他因小事杀人之后，李忱大为恼火，一挥手，罗程就跟祝汉贞一块上路了。

上两位是属于自作孽不可活，这下一位则要冤得多。这是一位貌美的舞姬，很得李忱宠爱，但这样的情让李忱的神经疯狂颤动，释放出了极为危险的信号，所以他下令，杀死了这个自己喜爱的舞姬。其实这件事李忱做得并不是尽善尽美，他可以让舞姬出宫，或是让她嫁人，总的来说不放在自己眼前就行了，但他却非要杀了她。我们原谅他，只不过是我们终无法太苛求这位肩负江山的君王罢了。

他需要极度的冷静，不容许分毫私心动摇他的信念。所以哪怕是一丝的偏袒、一分的纵容，他也要扼杀在摇篮里。

其实李忱并不是个冷血无情的人，相反，他比谁都温热。只不过他的心与力都只属于江山，这是一切的前提。

在安定国内、树立律法尊严之后，李忱开始着手解决大唐的外患。

安史之乱后，唐面临的是全方位的颓败，其中最要命的就是军事上的颓败，随之而来的就是国土的败落。

李忱要还原盛世，就要重新敲打周围那群不怎么安分的邻居。

第一个挨打的就是回鹘。回鹘可能认为大唐大势已去，就南下趁火打劫。当时在北边任节度使的张仲武收到李忱的命令，让回鹘结结实实挨了一顿打。张仲武此人原是书生，后来投笔从戎。也许在武力值上，张仲武没什么优势，但他的大脑却非常灵光，更重要的是，他极通《左氏春秋》。一个懂历史的将军，比一个力大如牛的将军更加可怕。所以，他让回鹘彻底降服，也是不难理解的事。

然后，便是大唐西北的党项。党项叛乱的原因比回鹘更憋屈，那就是大唐的边疆将士经常抢他们的牲畜，党项百姓一直不堪其扰。党项这个族群比较奇怪，说他强吧，他比回鹘差了不止一个档次，但说他弱吧，武宗李炎想把他们铲平，却亏足了军粮，无功而返。李忱叹了口气，把经常抢劫的将领换成懂礼节的儒生，党项竟真的安定了。

接着便是大唐永远的心头之患，也就是吐蕃。唐与吐蕃谁也吞不下谁，只能选择以和为贵，又终无法真的和平。在李忱登基以前，吐蕃趁着唐朝衰弱，占了唐不少地盘。而现在李忱若要在朝堂里再挑人去攻打吐蕃，收复失地，其实也比较苦、难。

但这时，上天好像读懂了李忱的忧思。

大中二年，张议潮率众在沙洲发动起义，和当地汉人一起，举刀掀了吐蕃诸将，带着在安史之乱中收入吐蕃囊中的土地和百姓，一道回到了他们思念数十年的大唐。

起义成功后，张议潮遣使第一时间向唐表达忠心。

如此忠臣丹心，令远在长安的李忱也潸然泪下。

由此，大唐边患就算说不完全消失，也已消减大半。

盛世的宏图终于在李忱面前展开，他发觉自己从未如此接近自己的理想，他的王朝正在一步一步向自己思念已久的贞观盛世迈进。

但就在这时，李忱错信道士，中毒身亡。

他的理想、他的宏图、他的伟业，都永远停留在了大中十三年。

所谓重兴贞观盛世，也在这一年宣告，终只是好梦幻影。

李忱走了，唐宣宗走了，大中之治也走了。

李忱固然是有智慧的，他深谙为君之道，晚唐时的政治复杂至极，对旁人来说或许是极为棘手的，但他却能将难题都巧妙化解掉。

但独有智，或许能让他稳稳当当坐在龙椅上，却不能让百姓爱他，不能让百姓在他死后还悲泣着怀念他，不能让他被人亲切地唤作"小太宗"，不能让李忱这个名字刻在唐人心中那个永不磨灭的名字——"李世民"并列的位置。

这一切，来自他的大爱。

他太爱唐的江山了。

从他三十六岁走出深宫时起，他便向整个大唐立下了复兴的诺言，他无言地向天地许诺了一个新的"贞观"。他深爱着大唐，爱着每一个百姓，乃至每一片草木。他比任何人都期盼迎来又一个盛世。

上天只给了他十三年时间，他便把自己的全部情感以及精力献给了大唐，他残忍地磨灭了自己哪怕一丝一毫的私心。

可惜十三年太短太短，积弊已久的唐已是大厦将倾之时，哪怕李忱有通天的本事，也再难扭转颓势。

但有这十三年中兴，于唐、于李忱，都已经无悔了。

李忱走得匆忙，似唐的夕阳。

很美。很美。

哪怕迫近黄昏。

李煜：无关风月

(公元 937 年—978 年)

"砌下落梅如雪乱，拂了一身还满。"

在哪个瞬间，你忽然读懂了李煜？

我读李煜，读字里行间的盛衰兴亡、悲欢离合，也终究是难以读懂。犹山中老妪，纵闻《高山流水》而哭，心中所能联想到的也不过弹絮声耳。

即使我现在终于鼓起勇气，动笔写对他的认知，也不敢说自己已经完全了解了他。李煜犹云端仙人，我这种凡夫俗子只能用自己的眼光，窥见雾霭之后的仙袂。

文必秦汉，诗必盛唐，而词，则独属于赵宋。宋以前优秀的词，如李白的"有人楼上愁"，如白居易的"月明人倚楼"，叫作诗余没有任何问题。词，只是用更顺口的读法来念诗而已。

李煜，是给予词新生的人。

只有这样美且疼痛的人，才能让词具有诗无法表现的艺术。

本来嘛，李先生只是深宫中的闲云野鹤，自号钟隐，过着一曲高歌一樽酒的快活日子。他是李璟的第六个儿子，五个哥哥排排站，怎么看都轮不到他做皇帝。

但是，这个一目双瞳、天生不凡的男人被迫登上了他本来想都没想过的皇位。

他没想到的是，哥哥们撒手人寰，甩给他的不仅有皇冠，还有老大一口千年黑锅。

辛辛苦苦给被后周整得落花流水的国家续命，千年后他的粉丝们还要跟别人解释，南唐真不是他一手玩死的。

稍微捋一下，后周就郭威和柴荣、柴宗训仨皇帝，其中，柴荣是郭威养子，也是《水浒传》中柴进的先祖。赵匡胤是投奔郭威一起创业的下属，陈桥兵变后，赵宋对柴荣后人以安抚为主。这也是为什么《水浒传》中柴进的设定是个吃得起羊肉的富贵公子。

李璟早年也有所作为，只是面对凶巴巴的后周，他也是尿得不行，后来无奈称臣。李煜接到的疆土，其实没多少。

南唐末期的地放在蜀地也许还能蹦跶两下，可是如若放在江南，还没了长江的话嘛……

洗洗睡吧。

李煜战战兢兢地登上了皇位，干的第一件事就是向宋朝报告，自己接替了爹的位置，但他依然是宋朝忠实的臣子。

这时候是 1961 年，陈桥兵变的第二年，是新生的宋朝狠狠霸凌周围的小喽啰的时候。但由于南唐过于乖巧，赵匡胤选择先将手伸向另外的荆南、武平和后蜀。

这样的紧张与压抑，不是李煜所能承受得了的。他需要春殿嫔娥的笑靥来纾解自己的痛苦。好的，这也就是某些腐儒手里李煜最大的黑点。看吧，南唐后主荒淫无道、沉溺酒色，终至亡国。

但是他们却并不清楚，后宫并非李煜的玩物，更似他的精神支柱。嫔娥于李煜，犹酒于渊明，犹梅、鹤于林逋。

李煜并非沉溺酒色，美人为他带来的，是慰藉与诗意。而她们如果摊上真正的酒色之君，比如在赵佶宫里，那就只可能是为君王带来好几十个皇子皇孙。

周娥皇比他大一岁，李煜对她的感情，大概像是康熙对赫舍里氏和李隆基对杨玉环的结合体。他像一个孩子一般眷恋她的怀抱；她的才情，也能带给他珍贵的快乐。两人是当之无愧的模范夫妻。

传闻二人曾致力于修补《霓裳羽衣曲》，并改订新曲。

这大概……就是大佬相爱的样子吧。

虽然我看李煜的生活，带上了很浓重的粉丝滤镜，但我仍无法否认，是他不断后退的态度，最终招致了自己与南唐的灭亡。

或许他自己，也深深认同这一点，只是依旧无能为力。他最终没能克服自己的恐惧与懦弱。

李璟把皇位丢给他的时候，还没有教他如何做一个君主，没有教他如何在乱世中苟安，这也就意味着最终的灭亡。

所以他一次次地逃避，以期安宁。964年，周娥皇去世，他急忙迎娶她的妹妹，来逃避丧妻之痛。971年，南汉灭亡，宋朝军队开到他家门口的时候，他自降身份为江南国主，希望逃避无法避免的战争。这很丢人，但是没办法。

就像很久以前，他自号钟隐，来躲避皇位之争一样。

如他自己所言："玉树琼枝作烟萝，几曾识干戈？"

赵匡胤的世界是旌旗蔽天、飞沙滚石，李煜的世界则只是满城飞絮、夜雨空阶。生来如此。

974年，赵匡胤随便挑了个借口，便挥师南下。李煜再次陷入了迷茫与无助。他向钱俶求助，可是没有得到回应。

975年，四十年来家国，三千里地山河，彻底破碎。

他被押解北上，被戏称为违命侯，软禁在宋都。小院的大门锁上的时候，他也许还没有缓过神来。李煜的眼前，是南唐士兵被切碎的尸首和燃起烈火的宫阙。

那是他曾经饮酒填词、与娥皇谈笑的地方。

让一个江南看花人来面对这一切，未免太过残忍。

国破家亡，他只能独自坐在案前，以血为歌，以泪入词，尽管只有扎手的笔和劣质的墨水，这却是他唯一宣泄情感的方式。

他也痛恨自己的懦弱，但仍旧无力回天，他并不是一个能够扭转乾坤的大皇帝。

这个逸世仙人，入俗障一重复一重。

但是仙人依旧是仙人。

与其他哭爹喊娘的亡国之君不同，李煜显得很安静。冉冉秋光，梧桐叶落，潇潇暮雨，又是另一重仙境。

谁言亡国之痛，不算李煜的重生？

七夕之时，当为他庆生的美人退去，他饮下牵机酒的时候，也当是他大彻大悟的时候。

这让李煜彻底成了一个无法触及的传说。

后世有传闻，言赵佶是李煜的转世，当然我也不好直接说出真相，那就是赵佶不配。

虽说赵佶的才也令人叹服，但他就是令人感觉不到仙气，这也许与心性有关。

就说登上皇位的方式，赵佶可是下了不少阴功夫的，而李煜纯属无奈。

相比于此，我们更愿意相信，李煜回到了他的仙境，做了真正的钟隐。

曾有一个女孩子向我哭诉，就是李煜这个该死的男人，把她骗上了诗词这条不归路。从此词背得越来越多，头发却越来越少。

我安慰地拍了拍她没几根毛的脑门，叹了口气，大概也看见了不久后的自己。

李词的每个字都含着泪，读来如同悲鸣、如同啼泣，极悲极雅，不知骗取了千年来多少青葱少女的芳心。

每每读罢李煜的词，那首词便会在我的脑海里单曲循环，常常在回过神来的时候，泪湿满襟。

词因为李煜的疼痛而被搬上了"大雅之堂"，可惜尔后虽有苏子欧阳，有山东二安，有宋词三百，也无复后主的清雅了。

他就像曾经努力复原的《霓裳羽衣曲》一般，再如何模仿，也不复当年光彩。

故而一去不返。

寇準：好官员养成手册

（公元961年—1023年）

在中朝做官是件很玄乎的事情。

有人没什么大志，混着混着就做上了宰执；有人一辈子铆足了劲儿往上爬，老来却落得被丢去边疆吃灰的下场。

在这里，想要致君尧舜上，人要足够通透明达，也要坚守正直而不腐化变质。

这很难，但有一个人却做得非常漂亮。

他叫寇準。

事实上寇準的祖上并不姓寇。但春秋时，寇準的祖先苏岔生因为在司寇这个岗位上的成绩太过耀眼，被赐以官职为姓，从此才改姓为寇。

寇準的父亲也不是什么贫苦布衣，他在石重贵的手下做过大官，荣耀一时。

但祖上的光芒并没有为寇準撑起一片天。

寇準出生在宋朝建立的第二年，父亲也在他出生后不久去世。

王朝更替加上父亲早逝，先辈功业直接清零，到寇準这辈，又得白手起家。

然而，寇準绝对遇上了一个完美的时代，至少对他来说是这样的。

北宋此时还在为统一而努力打拼。在寇準生命最初的几十年，统治着这个王朝的是著名奋斗青年赵匡胤和他的弟弟赵光义。

幸运的是，寇準还赶上了早班车，他十九岁就中了进士。

此时龙椅上的人是赵光义。

年号是太平兴国。

相传，当时选人都需要皇帝亲自上场，因为古人对年长者总有种自然而然的尊敬，年轻小伙在这种遴选中往往不占优势。

这也就能解释为什么古人会为了让自己的年龄看起来多一两岁而费尽心思。林语堂载苏轼出生在大年三十的前一个月，一出生就叫一岁，一个月之后过大年，他又得多算一岁。

母亲刚出月子，孩子就算成两岁了，这种离谱的算数方式古人还真做得出。

但寇準此时再怎么算都只有十九岁，连个正经成年人都不是，被皇帝认可的难度可以说直接翻倍。

有人劝寇準谎报年龄。显然，当时定有很多人是这么做的，但寇準拒绝得很干脆。

我正在努力进取呢，就要开始欺骗皇帝了吗？

寇準是个极其聪明的人，他十分清楚何为朝臣的本分。为人臣子，满腹的才华或许能让赵光义打心底里欣赏他，但只有绝对的忠诚，才能让这个多疑的皇帝愿意任用他。

果然，寇準没有被年龄劣势压倒，他成功踏入了官场，并开始了他像开了挂一样的前半生。

他青云直上，一直做到了枢密院直学士。

在他的晋升之路上，起到最大推动作用的，是他在皇帝面前议事时的优秀表现。

具体表现为在赵光义被他气到转身就走时，寇準一把抓住皇帝的衣角，把皇帝又拽回到了他的小板凳上听讲。

很莽，莽到像是在作死。

赵光义会当场爆炸然后把寇準扔去边疆吗？答案是否定的。他感动极了，甚至把寇準比作魏徵，越看越觉得顺眼。

一个君主需要的，从来都不是只会说一堆漂亮话、实际上没一句有营养的圆滑小人。

赵光义是个明君，所谓礼节、颜面，在他眼里都远不如一个勇敢的直臣好使。

但皇帝到底也是个有血有肉的人，想完全不生气那是绝对不可能的。三年后的一次君臣小会，寇準就直接把赵光义气回了内宫。

气归气，问还是要问的。

最后，寇準决定仍将一起贪污案上报，涉案人员王沔官至枢密副使，但寇準没有慌张，也没有犹豫。

此事让寇準赢得了赵光义的信任。

此后，寇準越过越顺，虽然曾被丢去过青州一次，但总体上仍可以说是官运亨通的。

然而，在第十五年的时候，寇準面临一个来自赵光义的送命题，真能送命的那种。

问：自家老板问我选谁做继承人，该怎么答才不会立马卷铺盖走人呢？

寇準：谢邀，这事儿不能我们自己说，自己说就是大逆不道。谁做继承人，还得老板亲自开口。

当时，殿内气氛非常和谐，赵光义率先开口，你觉得谁来接我的班比较合适呢？

寇準回答得从容不迫，自家儿子自己最了解，您的家事，自行解决。

赵光义想了想：我有个好儿子叫赵恒，你看行吗？

像极了一个明明已经决定喝奶茶、还要问闺密奶茶好不好喝的女生。

或许君臣关系好到一定程度，也会成为密友。

至少对赵光义来说，寇準是个深得他心的好朋友。

不久后，赵光义再度遭遇烦心事。他的好儿子赵恒由于过度帅气，在出行时被粉丝团团围住，甚至被叫作少年天子。

这让赵光义心生不悦——百姓的心已经彻底偏向赵恒，那又把我摆在哪里呢？

立储后的父子离心，是不少悲剧的源头。

但寇準丝毫没有慌乱，他甚至向赵光义道喜，有个能守好你打下的江山的儿子，是好事啊。

一句话足以拨开赵光义心头的所有迷雾。

总的来说，在太宗赵光义的治下，寇準都过得平平安安，与他后半生过山车一般起起伏伏的人生大不相同。

赵恒即位之初，寇準作为赵光义留给真宗朝的高品质遗产，迅速成了朝廷的二把手。

赵恒是个温柔随和的人，但不见得有他父亲的眼界与胸怀。简单来说，他并非一块做皇帝的好料子。

他即位不久，就面临战争。

没办法，彻底解决契丹这样的民族难度实在太大。毕竟大宋的南边只有大海，但他们的东西南北都是广袤的大地。他们凭借强大的生存本领，往西往北，溜到哪安营扎寨都能快乐生活。

来自南方的皇帝可以打散他们，可以把他们赶到天涯海角，但彻底消灭他们，想都别想。

就说党项人吧，他们的首领元昊带领着他的铁鹞子在宋国境内外反复横跳，竟然整出了一个实力不小的西夏。

如果他们的老家在一片岛上，能否活得如此潇洒，还真说不定。

而契丹显然比党项更加难缠，因为这个国家有的不仅是一身蛮力，他们存在很长时间了，有文字，有自己的文化，也有自己的家国情怀。

而此时契丹皇室里当家的，是太后萧绰，小字燕燕，一个堪称传奇的女人。萧绰并不像她的名字一样是只柔弱的燕子，相反，她拥有极高的智慧，更像是翱翔于天的雄鹰。

这样的人打进自家大门，赵恒直接慌了神。朝中大臣比赵恒还慌，不少人开始上书南迁。他们是被泡在与士大夫共天下的糖水里长大的，如果把糖水端了，他们也就没法活了。

赵恒点点头，在他眼里，这些提议南迁的大臣可爱非常，那就这么定了。

皇帝南迁的意思由大臣说出来，他自己的目的显然达到了，还免去了软骨皇帝的骂名，这岂不是十分完美？

但赵恒没想到的是，寇準会成为他逃跑路上最大的绊脚石。

在涉及疆土的问题上，寇準能倔到皇帝头疼。

他是一个在糖水里保持理智的人。

或者说，是个在假装醉倒的人群中坚持清醒的人。

这是寇凖的原则，一生不变的原则。

中朝二十年，寇凖的办事风格一向简单粗暴。

他把一个浑身瘫软、最终放弃抵抗的皇帝硬是拖去了前线。

这样做的后果可能会很严重，没哪个软骨皇帝会希望坐上王朝最尊贵的宝座后，还有人拿着鞭子逼自己认真工作。

寇凖懂，作为帝王小情绪学大佬，他太懂赵恒的小心思了。

但寇凖完全没什么怕的，丢去边疆就丢去边疆吧，牢里吃灰就牢里吃灰吧。

但想拿走我的老主子打下的土地，想都别想。

很幸运的是赵恒还算信赖寇凖，不至于给他小鞋穿。

赵恒上场的效果很好。虽然他只是偶尔在众将士面前露一露他白皙俊秀的脸庞，但作为北宋全国人民的仰仗，他带来的激励作用是无穷的。

话说有天，战况危急之时，赵恒偶然看见寇凖在与杨亿快乐地饮酒赋诗，没有丝毫慌张。

这让赵恒获得了极大的安全感。

绝对自信背后，是绝对的能力。这让寇凖成为一根屹立不倒的定朝神针，让他能扶稳一个年轻的王朝，也扶稳君民将士的心。

前线战况糟糕到没法看？不慌，寇夫子在呢。

不久后，北宋果然取得了极大的优势，而契丹连连败退。眼看契丹就要被迫退回老家，北宋却选择了停战。

这回停战倒并不是因为赵恒尿了，而是再打下去对谁都没好处。再往后就要打到契丹老家了，宋军并不占优势。倒不如交点钱安抚一下契丹，这样人家靠北宋过上好日子的目的达到了，自己也省去不少军费，大家还是好邻居。

于是，澶渊之盟就此诞生。

这次斗争，寇準近乎取得了全胜，但这并不意味着，此事没有对寇準造成影响。

因为他算是把主和派各位全得罪了。

不久后，王钦若，也就是主和派的战斗机，出面批评寇準，说他商量出的澶渊之盟，是伤了国家颜面的大耻辱，直接把寇準钉在了卖国小人的耻辱柱上。

主和派别名金鱼帮，他们很擅长失忆，他们显然想不起自己一年前哭着喊着想把赵恒搬去南边的滑稽丑态。

赵恒不是赵光义，他的主见甚至比不上他的妻子刘娥，在王钦若等人的轰炸下，他很快妥协，把寇準丢去了陕州。

从宰相被垂直丢去地方，寇準不甘心，很不甘心。

不久后，他得到了一个机会。一个不算机会的机会，来源于他的门生丁谓。

寇準的好朋友们纷纷劝阻，丁谓不是什么好人，把你搬回朝廷，是为你好才怪。

但寇準不听，他执意回到朝廷，再度为相。

只有地位足够高，他才能继续护佑这个年轻的王朝不至于在开国不到五十年就奸佞满朝。

果然，在他回朝后，丁谓使出浑身解数，希望把寇準拉入自己的阵营。寇準有功劳、有声望，可以做个很好用的工具人。

但正常人都明白，这不可能。

寇準不仅不加入丁谓的朋友圈，还在赵恒面前状告钱惟演和丁谓，说他们企图专权，居心不轨。

丁谓肺都气炸了，于是开始费尽心思寻找攻击寇準的机会。

说来可笑，在他还在辛苦打拼的时候，力排众议坚持提拔他的人，竟是寇準。

当时，寇準向李沆推荐丁谓，认为这样的宝藏不能被埋没，但李沆并未表态，只是对这位朋友给予了真诚的劝告。

任用丁谓，你会后悔。

显然，寇準并没有把李沆的嘱托当回事，当上宰相之后，他就开始提拔丁谓。

但他后悔了，比如说现在。

不久后，丁谓还真找到了打压自己老伯乐的机会，当然，这全都是他自己瞎造的。

当时一个叫周怀政的太监，联络上了当年在军营和寇準一起快乐喝过酒的杨亿，密谋杀丁谓，再以寇準为相，拥立太子。

计划很完美，但被一个白痴队友在酒后泄露了。

这事儿与寇準并无直接联系，他只是谋反者计划的一部分，但丁谓逮准赵恒气愤的时候，诬告寇準参与谋反。

这顶帽子实在太大，可能让寇準首级不保。对待恩人，丁谓做得不可谓不绝。

幸好寇準凭借数十年声望，逃过死刑，只是他被贬去了岭南雷州。而此时，他已年过六十。

相传他被贬后，病榻上的赵恒曾问侍从，好久不见寇夫子了，他怎么样了？

只是当时丁谓权力太大，无人敢答。

幸而寇準一向被全国人民喜爱，就算沦落到雷州，也有百姓争着抢着照顾他。

但另一个被贬去岭南的人就没这种待遇了。

那个人就是遭了报应的丁谓。

丁谓被刘娥一脚踢去崖州，比雷州还远。寇準被贬是大型粉丝见面会现场，他被贬却像老鼠过街。

丁谓经过雷州的时候，寇準的小跟班们摩拳擦掌，打算好好教训一下这个恩将仇报的垃圾人。

但寇準呵呵一笑，不必不必，此行辛苦，给他送头羊吧。

寥寥数语，千古美谈。

只可惜寇準年迈，最终没能熬过雷州的蛮风瘴雨。六十二岁的时候，寇準病逝雷州。

…………

从个人习惯上来说，寇準并非一个没有黑点的完人，比如说他好歌舞、好宴饮、爱热闹，他也因此被敌对势力和有洁癖的文人们批判过很多次。

但论做官，寇準无愧于任何人。

以他的智慧，若为奸佞，那必定也是奸佞中的战斗机，至少能比丁谓混得更好。

但他没有。

若说察言观色，哄皇帝开心，寇準绝对在行。只是大部分时候，这种技能都选择性失灵了。

借洪应明的话来说，这叫，君子知之而不用之。

这是官员的最高境界。

宋朝是个高产优秀人才的时代。三百余年，什么型号的贤人都不缺，王朝续命丹型人才和王朝生长素型人才多了去了。但寇準，就只有这么一个。

　　史册翻遍，找不到第二个倔得如此可爱的定朝神针。

　　他值得被所有人记住。

　　他是个好官。

　　一直都是。

范仲淹：若可寄天下

(公元 989 年—1052 年)

一千年前，文正，是一个代表圆满的谥号。

这简单的两个字，却象征着千年前一个儒生几乎全部的理想。一个儒生若想得此美谥，须得先治学问、佐君王，再安百姓、立太平。在把全天下都打点明白后，"文正"二字就是为他们人生画上的光辉的句号。

大宋三百一十九年，总共只有九人在墓碑上刻下了"文正"二字。而范仲淹，就是其中格外耀眼的一位。

虽说有不少王侯将相早年都坎坷非常，但范仲淹的童年，可不是一个惨字就能概括得了的。

范仲淹的父亲叫范墉，也是个有头有脸的官员。但不幸的是，范仲淹还没有学会叫爹爹，他就已然去世了。自他去世那天起，小范仲淹和他的母亲谢氏就陷入了彻底的孤立无援之中。

或许是为了生计，或许是为了范仲淹的成长，谢氏选择了改嫁。

她嫁到了一个朱姓的人家，范仲淹也随之改名为朱说，并背着这个名字过了二十年，以至于后来进士金榜上挂着的名字，也是朱说。

有人据此推测，谢氏并不是范墉的正室，而是他的妾室，而且在范墉去世不久就被赶出了家门。不然，就算范墉去世了，只要还有几十亩好地留下，谢氏也不必选择改嫁。何况，宋朝不比前几朝，在宋朝，改嫁并不是什么光彩的事。

随母来到朱家后，很长一段时间里，懵懂的小范仲淹都认为自己原本就是朱说。但朱家兄弟对他的疏离和嘲笑是藏不住的，他们的疏离让小范仲淹疑惑，而所有的疑惑只归向一个答案：

我不是朱家人。

在家族观念极重的当时，外人就是外人，无论此人在自己家生活过多久，都是外人。范仲淹的这段寄人篱下的生活有多苦，就可以想见了。所以在得知自己的身世后，范仲淹告别了为他打拼了二十年生活的母亲谢氏，背上行囊出门求学。

他的第一站，是应天书院。

由于缺少钱财，范仲淹寄住在寺院里。寺院的老方丈见他困顿，每天会供他吃一碗粥。而范仲淹一天的口粮，就是这一碗粥。

为了扛饿，范仲淹会把这碗粥分成三份，早中晚各扒拉一口，然后继续把自己埋进书堆里。

相传，他的某位同学是富贵人家的孩子，为人非常仗义，曾给他准备了一大桌子好菜。但直到这菜都长毛了，范仲淹也瞥都没瞥一眼。

那位同学气不打一处来，质问范仲淹，你是不是瞧不起哥哥我？范仲淹却不慌不忙地啃了一口冻干粥，解释说，如果吃了你的菜，我口里的野菜白粥就显得更难以下咽了。那位同学恍然大悟，大家也感到眼前这个瘦弱的小书生忽然就光辉了起来。

在清苦之中，人会变得沉静。范仲淹的冻干粥只吃了四年，"朱说"二字就被挂上了金榜。在看到自己名字的那一刻起，范仲淹就明白，自己已经不再是那个身如浮萍的小儒生了。

在拿到第一笔工资之时，范仲淹就开始筹划，把自己的母亲接出朱家，自行奉养。寄人篱下二十余年，这对母子终于拥有了自己的天地。

母亲，是范仲淹早年奋斗的动力，但在安顿好母亲之后，范仲淹把目光投向了更远的地方。

范仲淹是个孝子，但他注定不只是个孝子。

范仲淹最令我钦佩的地方，在于他能熬得住富贵。一个庸人在经历了困顿的生活，忽然发达之后，往往就想着怎么好好享受，弥补一下老天过去对自己的亏欠。但范仲淹始终保持着清醒。

无论是书生还是宰执，他都是坚守本心的范夫子，且一直都是。

他的清苦，守了一辈子。人性的贪婪和自私，在他这里就如不存在一般。也许是家国太远，百姓太重，所谓绮罗玉食，就显得微不足道了。做官，对他来说，只是一个兼济天下的渠道而已。

在这一点上，范夫子可以称作是行走的儒学教材。

刚做官的几年，范仲淹在基层奋力打拼。对他这样的诤臣来说，在基层工作可不要太幸福。离中朝的污水远，不需要操心那些复杂的弯弯绕绕。这段时间里最值得一提的，是范仲淹上书修筑的黄海堤，这座堤被叫作范公堤。

这座堤可能只是在范公的传记里被提了一嘴。但这座堤，保全的是千万户人家的性命和一辈子积攒的家业。

可惜这座堤还没建成，范仲淹就因母丧而回到了应天。

应天与范仲淹的缘分不可说不奇妙。

在范仲淹守丧的这段时间里，他遇到了来南京做官的晏殊。两代贤臣中的战斗机"会师"成功。

在晏殊的邀请下，优秀毕业生范仲淹回到了母校应天书院教书。而晏殊回到中朝后，又迫不及待地亲自面圣，把这位宝藏男孩推荐给了仁宗赵祯。

此时仁宗刚刚即位，还是未转正的皇帝实习生。朝政也几乎全部由太后刘娥打理。年少叛逆的赵祯和刘娥的矛盾已然开始涌动。在这场"战役"之下，范仲淹完美地找到了自己的位置。

在仁宗尚未执政时，他就曾上书指责太后仪礼不合规矩。仪礼不合规矩是表象，事实上也就是说，只有皇帝才是皇帝。而在仁宗亲政、众人指责太后之时，他又提醒皇帝，人家毕竟是护着您长大的，就算不念及她的恩情，也不该指责过度。

不偏不倚，做好自己。

范仲淹的仕途非常艰难曲折，但落魄和发达，都没有对范仲淹为官为人的原则产生什么影响。任凭风雨冲刷，范夫子始终岿然不动。

范仲淹一生共遭遇过三次外放。这三次外放，一次比一次远，一次比一次冤。

他的第一次出京，源于废后风波。郭皇后是个战斗力极强的皇后。这个战斗力强不是我们通常说的政治手段好或是特别能吃，而仅仅就是字面意思上的好战，打人特别痛。这天她没控制好手掌的方向，一巴掌呼到了仁宗脖子上。

忍无可忍的仁宗指着自己的脖子，向众臣痛诉，朕要废了这个泼妇。

其实，郭皇后的巴掌并不足以让温和的仁宗决定废掉她。究其根本，还是郭皇后是刘娥塞给他的妻子。而刚刚亲政的仁宗，满心想着的都是反抗刘娥，自然不会喜欢郭皇后。

此事引起了轩然大波。要知道，皇后可不只是皇帝的妻子，皇后在封建王朝是神圣般的存在。废后和离婚，也是两个完全不同的概念。

范仲淹可不管仁宗喜不喜欢，他只知轻易废后使不得，所以他和十来个志同道合的战友气势汹汹地求见仁宗，打算教育教育不懂事的小仁宗。但生气的仁宗并不想见他，只派吕夷简来应付范仲淹和他的好伙伴们。

吕夷简深知仁宗的心，所以从仁宗提出废后起，他就不遗余力地支持。我不得不承认吕夷简此人确实是个能臣，只不过在贤人辈出的北宋，他实在是显得坏极了。

吕夷简和范仲淹最不同的地方，在于他太爱自己了。比范夫子，他输了胸襟，也输了胆魄。

此事后，郭皇后最终被废，范仲淹也因此外放，只不过，几年过后又被拉回了朝廷。故总的来说，这次外放对范仲淹的官员生涯来说，可能连风波都算不上。

范仲淹人是回来了，他和吕夷简的斗争却远远没有结束。好巧不巧的，这争斗还真是范夫子的知识盲区。治国，我会；理政，我会；但争权夺势，抱歉，这我还真不会。

范仲淹是个敢说话的人，而这恰恰是最危险的。范夫子或许很清楚这一点，但后果再严重，说还是要说的。

他像一个医生，宋朝是他的头号病人。最令范夫子难受的是，他给这位病人开了长长一串诊断单，把药都送到他嘴边了，可他还要号一句，你是不是在讹我？

在这次斗争中，范仲淹落了下风，他又走上了外放的路。

吕夷简是可怕的，他给范仲淹安上了一个"勾结朋党"的罪名，而这个罪名对一个士大夫来说几乎是致命的。在他离京当日，其他大臣因为害怕被圈算进朋党，几乎无人敢为他送行。

而这时，听闻范仲淹被贬出京，宰相王旦的侄子王质，却从病榻上一跃而起，大摇大摆地走出城门，给自己的好兄弟范仲淹送行。他甚至骄傲地说，能和范夫子做朋党，真是让人脸上有光啊。

何人虚伪，何人真诚，在落难时竟如此显而易见。

在外地打拼数年之久后，范仲淹被派到了他的第二个重要战场，就是西北前线。

也正是范夫子，让北宋的西北军从一支军队变成了一个无法磨灭的神话。在此之前，范夫子从未碰过一干一戈，但在这之后，他成了西北军屹立不倒的旗帜。

此时的西夏当政者是西夏著名的"无脸人"李元昊。在范夫子赶往西北的途中，李元昊刚刚脱宋自立，正连连战捷，打算挥师南下。但在西北蹦跶多年的李元昊没有想到，这次他碰壁了。

范仲淹的戍边生活并没有他词里"浊酒一杯家万里"的豪情和悲壮，事实上，他一直没日没夜地忙碌着。事实证明，一个儒生也可以是一个好将军。范仲淹的才华，在西北这片宽广的土地上得到了淋漓尽致的展现。

更值得一提的是，范仲淹在西北曾提点狄青，一文一武，两人的相遇使宋朝多了一位能独当一面的大将军。也就是这两个人，构成了李元昊的噩梦。

也许是因为西北离中朝所在的汴京足够远，范仲淹才能最大限度地施展才华。

在西北的卓越战绩，支撑范仲淹再次回到了汴京。

这次回来，范仲淹决定干个大事。

幸运的是，这次范仲淹得到了仁宗的支持。从他登上宰相之位起，就开始了大刀阔斧的改革。他和他的上司仁宗，开始了一次叫庆历新政的巨大变革。

范仲淹想出的措施，如改革官吏制度等等，都是宋朝迫切需要的。仁宗也意识到了这一点，所以决定不遗余力地支持他。

但范仲淹忘了，身为宰相的他可以改变制度，但不能改变官场。

相权再如何大，都大不过人性。

范仲淹是清醒的，并不意味着每一位臣子都是清醒的。一个远视的人的背后，大部分人是庸碌而短视的。庆历新政减少了恩荫，因为范仲淹清楚地知道这项制度会导致很多麻烦。

恩荫制度几乎可以说是基于人情的制度，算是对老臣的嘉奖。但这也会带来冗官等连带问题，还可能严重拉低官员的智力水平。

毕竟，这些官员子女的素质实在是良莠不齐。

但这个恩荫制度，也因为牵动着太多人的利益，所以无论如何也难以攻破。更何况，这些人大多手上都是有些资本的。要搬动这块大石头，难度可以参考一千多年前的商君。

由此，庆历新政遭到了很多大臣的反对。这些大臣心中慌乱极了，范仲淹这是要夺走他们子女免费保送的机会呀。这样的恼怒导致了猛烈的反对，在众人围攻之下，范仲淹败了。

范仲淹在无奈之下，最终选择自请出京。

和他一起离开的，是曾经被寄予极大希望的庆历新政。

这次远行的路，比前两次都要远。也就是在这条路上，他被滕宗谅邀请，为岳阳楼作记。

三百六十余字，写尽忠臣心声，写尽文人风骨。

他的整个生命，与国运衰祚，早已相通。

然而不幸的是，在他终被调回京城任户部侍郎时，却因冬季寒冷，在赴任途中病逝。

皇祐四年，宋朝失去了一位传奇。

老子说，当一个人忘记了功名，忘记了钱财和名声，便可以把国家托付给他了。

范仲淹是个堪称完美的士大夫，他的清直来源于他深沉的爱。他在对家国的深爱里忘记了自己。以至于再怎么被贬、遭罪，他都像一个战士一样，永远充满斗志，从来不曾停歇。

在范夫子面前，一切讴歌赞叹都显得苍白无力。

只得叹一句：

宋朝何幸，中华何幸，竟得贤良如此。

狄青：青爱的大刀和祖国

（公元 1008 年—1057 年）

青是一种寂寞的颜色。

很能让人想起，一个孤独的青面将军。

读这个将军，要把沙场从无情，读到炽热。

狄青和大刀的缘分，从十六岁就开始了。虽然说，这个开始不大光彩。

他原本能过上平平无奇的农民生活，也许还能当个小吏，但遗憾的是，他有个好哥哥。

有多好呢？这个哥哥与人斗殴，结果是他的弟弟因替兄受罪被发配，做了个脸上刺字的小兵。

看上去奇怪极了，但是把自己代入宋朝时的任一个小家庭，也不太难理解。

那时的狄家是个劳动小单位，送走一个大儿子和送走一个小儿子，在亲情上的痛感是差不多的。

这种情况下，您愿意损失一个刚满十六的毛头小子，还是一个青壮年劳动力呢？

狄青与大刀相伴的数十年，自此开始。

从军后不久，狄青就被编去西北，并第一次见到了宋朝的一块恶性肿瘤——元昊的铁鹞子。

元昊带领的党项虽然战斗力比匈奴突厥逊了不止一个等级，但是游牧民族该有的特点，他们一个都不差。

能拼命，而且很团结，还很觊觎南边的肥肉。

他们的发家史也很游牧，打不赢就称臣苟且一阵，打得赢就一顿猛冲。

在西夏拥有自己的文化之前，这种特质尤为明显。

他们的先锋以汉人为主，没有什么技能要求，作用只是消耗对手体力并作为肉盾，以便背后的铁鹞子尽情发挥。

这个战术可以说是卑鄙到极致了。

但元昊并不会觉得丢脸。

宋朝寄来的骂他的信件，对他的伤害也基本为零，这也气哭了一票宋朝大臣。

在狄青来到西北战场之前，元昊就已经在大宋的边疆作过很长一段时间的妖了。

但他也许并没有意识到，他的铁鹞子有一天也会被人摁在地上砍。

那个人上战场时，披头散发，还戴着青铜面具，和挥镰刀收人的死神别无二致。

他像个永动机，一听到杀贼就像打了鸡血一般，无论之前受了多重的伤。

没错，他叫狄青。

然而，狄青虽有黥面，但还是个白白净净的小少年。他是为了让敌人觉得他很凶，才戴上了青色面具。

大概面具才是狄青的本体吧。

很快，他的名声越来越大，这让一个改变他一生的人注意到了他。这个人就是范仲淹。

这次梦幻联动，让一个武力值贼高的士兵变成了一个统御值拉满的优质将领，也让范夫子的人生导师形象更加深入人心。

范仲淹赠予狄青的，是一句话和一本书。一句话，是"将不知古今，匹夫勇耳"；而那一本书，则是《左氏春秋》。

狄青觉得很对，并含着热泪接过了史书，开始学习古今将帅的用兵之道。

一颗装下了两千年历史的大脑，是狄青走向人生巅峰最大的推力。他开始不断升迁，速度快到让人差点忘了他曾是个因罪从军的布衣。

他与西夏缠斗了很久。他是底层小兵时，在和西夏打仗；成为将军时，他依然在痛揍西夏人。

不过结果还算好，元昊他又称臣了。

朝中央很满意，儿子他又改邪归正了。宋廷立刻停兵，就像没有和元昊爆发战争并气到捶桌一样。

休战之后，狄青这位在沙场冉冉升起的新星被召回朝。

也许是狄青的光芒过于耀眼，赵祯对他大为欣赏。

赵祯是个长在儒生堆里的皇帝，宋朝的一等贤人有一大半围绕在他周围。唐宋八大家他认识五个，但扛大刀的将才却仅狄青一位。

史载赵祯曾经劝狄青，你都混得这么好了，不如把脸上的黑字洗掉吧。

但狄青拒绝了。他说，官家您提拔我，是只问功劳不问出身，这黑字能让我时时记住您的恩德。

赵祯当时感动极了，这黑字不是黑字，是肉眼可见的忠诚。

或许狄青是想证明，武将在宋朝也是能混出头的。

在此之后，南方侬智高叛乱。狄青做出了一个重大选择，请征平叛。

此前，宋朝已经连连战败，这个烂摊子丢给谁去收拾还真是个问题，狄青的主动请命让赵祯觉得舒心极了。

这场仗，狄青打得十分漂亮。他首先处理掉了不守军令擅自出兵的陈曙，又假装长期驻军，摆出耗着不打的样子。

侬智高来自广西壮族，他的军队都是刚放下锄头就收拾起来打仗的，他本人也不大懂战术。狄青这一装，他就信了。

然后，他就败了。

败到烧城逃跑。

而狄青大胜而归。

狄青一路打拼，一路浴血奋战，是为报国，也是为改变。

改变自己的命运，改变宋朝士兵和武将的命运，又或许是改变崇文抑武的世道。

但他能改变吗？

某天宫廷宴饮，一个舞姬奉命向狄青敬酒。此时的狄青已经不是那个在底层打拼的小兵了，他已然有功有位。

但那位舞姬扑哧笑了，说那就敬斑儿一杯。

狄青留下黑疤的原因，是忠诚还是警示，她不知道。在她眼里，有黑疤的人就是下等人。

当然，这个舞姬一千年后依然被大家骂得很惨。

其实，一个舞姬又何敢歧视一员大将呢？狄青面临的，恰是舞姬背后，那一整个宋朝社会的歧视和忌惮。

这种歧视和忌惮的危害，从赵祯拼命给他加官时就开始了。

赵祯的喜欢，是荣耀，也是祸端。

狄青被任命为枢密使。

这让文人集团直接炸锅了，武夫怎么能进入中央集团呢？一个没考过进士的匹夫能懂什么呢？

当文人的优势地位受到冲击，哪怕只是一丁点，他们也会拼命反抗。

狄青或许很委屈。

枢密院是军权机构，他一个在前线杀出一条条血路的将军，显然比读圣贤书长大的进士们懂得的多了去了。他在枢密院做官，实在是再合适不过了。

但他环顾四周，中朝，他一个战友都没有。

在他还每天戴着青色面具、扛着大刀杀贼的时候，也许不会想到，有一天束缚他的绳索会是一个进士的身份。

此时他才四十多岁，就已经位逼宰执，就算他只能在这个位子上留十年，也能修理修理宋朝军队太平日久后的懒散风气。

但他没料到，他面临的是文人集团的诬告送走一条龙。

当然，这个文人集团并非指所有文人，而是指某些在蜜糖水里泡烂了的腐儒。

他们精心编出了不少反叛前兆，什么狗长角啊，祥云环绕啊，都是现代人再怎么没文化也能识破的传闻。

但谁让古人就信这些。

在文人集团的猛烈攻击下，孤立无援的狄青被迫外贬。从他成为枢密使到被贬出中朝，只有四年。

其实，也没有贬很远，目的地在河南，还没走出中原。但足够给狄青以致命一击。

不久，不满五十岁的狄青在终日的惊慌和悲痛中去世。表面死因是郁郁而终，实际死因是其缺了个进士出身。

"但欠一进士出身耳。"

这是对一个武将的侮辱。毕竟战死沙场才是他们至高无上的荣耀。

他的死也让他的一生成了悲剧。舍命打拼了一辈子，到最后，自己的君王对自己却连绝对的信任都做不到。

然他的一生沸腾而灼热，尽管最终在孤独和悲哀中死去。

相传他死后多年，对着他的画像，神宗每每还要感慨许久。

或许，若狄青再撑下数年，等到神宗即位，或许一切又会不一样了。

赵顼是个胸有远志的年轻皇帝，复兴大宋是他一生不变的志向。

他与狄青，或许能成为知己。

或许，在他的治下，狄青能再有戴上青色面具的那天。

…………

或许。

只是或许。

我忽觉泪已湿襟。

童贯：究极奸臣黑化史

（公元 1054 年—1126 年）

他出生至今已经有将近一千年了。

他的名声，也臭了将近一千年了。

今人对他的印象，无非是六贼之一，宦官弄权，一门心思把生养他的大宋朝往死里整，最后把自己的老命也作没了。

这么说，一点也不冤。然而童贯还有其他头衔，比如，他是中国历史上手握兵权最大的太监。

看起来童贯似乎有点功劳？不，童贯凭实力把自己做成了每个人都想踩一脚的奸佞。甚至于，宋朝百姓把他和大奸相蔡京一起骂进了童谣。童谣中写道："打破筒（童）、泼了菜（蔡），便是人间好世界。"可见百姓们有多厌恶童贯与蔡京。

事实上，这个在黑化之路上勇闯天涯的大宦官，最初只是内廷一个连在史书上留下痕迹都不配的小太监。

但他的出头、黑化和悲惨结局，似乎是注定的。

因为童贯的性格决定了他是个讨皇上喜欢的好宦官。

史书记载他"性巧媚"，天生嘴甜，天生贪权，甚至还有点大志和军事才华，他具备了讨好皇帝的全部特质。

但由于北宋前期龙椅上的人换得太快，而且东京承平日久不识干戈，童贯的才华才一直没有施展的机会。

那么，北宋乱到什么程度呢？

宋仁宗没有活到成年的皇子，并且被拉来过继的好侄子英宗一即位就病倒了。神宗和他的好朋友王安石为了变法轰走了一票旧党大臣。哲宗即位后，被高太后压迫了八年，变法中被排挤的旧党大臣又被起用；而高太后死后，哲宗直接让整个朝堂翻了天，变法中的旧党大臣们纷纷卷铺盖走人，变法新党又回到了舞台中央。

直到一个命硬的皇帝走上前台。

也就是徽宗。

事情要从第一个发现童贯的人，也就是蔡京说起。

两人在一同为赵佶搜刮财宝时相遇，立马觉得相见恨晚。他们在杭州的灯火下立下誓约，要做对方飞黄腾达道路上的一盏明灯。

不久后，在童贯的不懈努力下，蔡京做了宋朝的宰相，一时权倾朝野。

说起来，一百年前，做这个王朝的宰执还得有数十年的积淀。

人品、才学、声望，少了哪样都与官场最高层绝缘。

　　但是一百年后，做宰执靠的是结交皇帝的内侍，人品、才学什么的没有就没有吧。

　　不管怎么说，蔡京对这个新交的朋友感到十分满意和感激。为了报恩，他开始着力为童贯打造一个适合他发挥的舞台。

　　他向赵佶提议西征。

　　对宋人来说，西征这个词含义很多，既可以是好水川之战、三川口之战，又可以是范仲淹，或者狄青。

　　西征是遗憾、悲痛、信仰，以及渴望。

　　赵佶点头。

　　当然，一个没打过仗的太监是不可能做主帅的。这次西征的主帅叫王厚，而童贯只是监军。

　　但童贯没有失望，他不是个看不清现实的人。

　　监军，已经够了。够他一战成名。

　　赵佶不是个勇敢的人，可以说，这次西征是蔡京撑着他的腰杆，逼他点头的。出军不久，西北军就接到了停止行军的命令，这毫无悬念地来自这个软骨皇帝。

　　先接到圣旨的，是监军童贯。

　　王厚询问他，圣旨的内容是什么。

　　童贯顺手把圣旨往靴子里一塞，说，皇上说祝我们胜利。

于是十万大军仍浩浩荡荡地行进。

此战大捷。

他是个优秀的将领，至少此时是，这无可非议。他弄权、媚上，与兄弟们一起把国家整个儿搞垮，但如果只论战功，他还真是个能打仗的将领。

童贯的眼里有功业，有国家，有千军万马。

他不是个只会侍奉主子，在主子高兴的时候捞一把好处，过几天好日子的小宦官。

至少此时不是。

战胜后，童贯没有因为抗旨而被罚，反而不断升迁，逐渐走上了政治前台。

不得不说，皇帝的信任和宠爱对一个将领来说真的太重要了。

因为后来，就有一个没有抗旨并且是领命归朝的神，却被安上了谋反的罪名而处斩。

一个忠了一辈子的人，最后死于皇帝的猜忌。

如果童贯认真打拼，凭借自己的才华和赵佶的偏爱，他应该能干出一番事业。

但是他没有。打了胜仗之后，他恃功而骄。这是一个将领的大忌。

他绝不会止步于此，他还需要更多机会来往上爬。

数年之后，他得到了第二个机会，一个代表大宋出使辽的机会。

当时朝中不少君子气得跳脚。我堂堂大国竟然需要一个阉人持节北上，这已经不是有没有排面的问题了。

但赵佶显然没有要换掉童贯的意思，事实上他回答得理直气壮，人家是破羌归来的功臣，所以契丹人点名要见他，有什么问题吗？

童贯作为一个阉党，能在前朝招摇这么长时间，所依靠的绝不只是皇帝的宠爱。如果只依赖皇帝的宠爱，就只能像梁师成一样在后台做个"隐相"。

军功，是童贯最稳固牢靠的靠山。

成功从辽回朝后，童贯的官职开始逼近官场最高层。他成了开府仪同三司，甚至进入了枢密院。

事实上开府仪同三司这个职务，赵佶很早就想交给童贯了。只是上次任命，因为蔡京的阻挠而不了了之。

倒不是因为蔡京义愤填膺，觉得宦党不该触及这么高的职位。不要妄想在他身上能找到这种美好的情绪。真正的起因只是当时童贯骄傲过度，办事常常直接越过蔡京，这让视权力如生命的蔡京十分恼火而已。

也就是从这时候开始，童贯心里对权力的渴望已经超过了一切，超过了疆土、社稷和国家。

在糖水里泡久了，人是会变臭的。

四年之后，童贯再次领兵攻打西夏。不同的是，这次他是主帅。时过境迁，他不再是当初那个小小的监军。

他也不再是那个为了胜利而拼命的监军了。

他一意孤行，不理将领刘法对战术的不同意见，直接导致刘法被伏兵杀死。开局就折了一员大将，童贯本应痛定思痛，摆正态度，认真打仗。

但他并没有这么做。

他选择向朝堂报喜。事实上，这次攻西夏，他输得彻彻底底，但朝堂欢欢喜喜。

简单来说，就是只要我不上报，我就没有打败仗。

也许朝堂也并不太想听到真实的军情。

但这并不是说，童贯在这之后就是个一无是处的将领了。至少，人变质了，才能还没丢干净。

又过了几年，童贯再次被赵佶套上盔甲，送去前线，原因是宋朝的后院失火了。

大名鼎鼎的方腊势力越来越大，而且因为奸佞的瞒报，赵佶知道这件事的时候，方腊已经成大气候了。

这次童贯没让赵佶失望。

义军牺牲者七万余人，除了被就地解决的方腊，他的全家都被押往京城。

昔年狄青伩智高可以说是为国家安宁做出了贡献。而童贯掐灭农民起义的火焰，这到底算不算功绩，还值得商榷。

就算平方腊是功绩，也没法抵过他之后干出的破烂事。

平方腊的同年，他被派去收复燕京。但是已经腐化到跟童贯差不多样子的军队怎么也撼动不了还没完全烂透的辽军。

此战兵败，没有悬念，但童贯非常不甘。

如果影响到了他在赵佶心中好将军的形象，他的前途怎么办？皇帝永远是宦官往上爬的时候必须把握好的因素，如果战败，对童贯的影响极大。

但再打是不可能的，童贯怕死。

他变得很惜命，因为他还没有享受够他的钱财和权力，还没有享受够驱使天下人的快乐。

这是权力的副作用。

所以童贯想到了一个好主意，买。

他花大价钱买下燕京，一座什么也没有的空城。辽当然是开心的，他们打仗不过是为了抢宋朝的钱来过好日子，如今不费一兵一卒，人家白送，那还打什么仗啊？

赵佶也开心，因为童贯在他面前极言收复失地的功劳之大。这让赵佶觉得自己真是个对得起列祖列宗的好皇帝，眼前这个长着小胡须的宦官也变得更加可爱了。

童贯也因此升官加爵，直到封王，成了一个真正只手遮天的大权臣，刷新了宦党为官的纪录。

三赢。

苦的是谁？是无能为力的贤臣君子和天下苍生。

毕竟钱也不是童贯给，也不是赵佶挣，他们直接收钱给钱就好。

如果说童贯的上述做法还没法让你有往他脑袋上招呼的冲动，相信我，他还能做得更绝。

他从西部抓来青年壮丁组成了一支近万人的军队，不过不是为了像辛弃疾那样闯敌营，而是为了守卫自己的住宅。

士兵也并非自愿，大家都是十几二十岁的青少年，谁愿意抛下父母妻子去保护一个名声臭到了一定程度的大奸臣呢？

但是童贯的眼里，只有他自己一个人是人。

在金军逼近汴京时，童贯被刚上任的赵桓任命为东京留守，但他没有答应，而是选择了和已经社会性死亡的赵佶一块南逃。

留下李纲一个人，守卫一座曾被称为华胥的城市。

当然此时的汴京已经被榨空了。

昔日华胥，今日炼狱。

现在想来也还好，幸亏是有勇有谋的李纲接管汴京。换成贪念太多的童贯，只怕没等金军发动第一波攻击，他就要管金将完颜宗翰叫爹了。

逃就逃吧，童贯偏要把他用来守卫住宅的万人军队一个不落地带上。在南逃途中有士兵啼哭，童贯因为害怕这些磨磨叽叽的士兵耽误自己逃命，就命令亲兵将这些人射杀。

这些为他卖命的人，连悲伤都不被允许。

也许是他臭得太过嚣张，赵桓忍无可忍，从百忙之中腾出手来掐死了他。他的五个好兄弟也先后死去。

接下来是全国人民的狂欢，赵桓在他们心中的形象光明了不止一点。

干得漂亮，但要说有多大用吧，也没有。

晚了。

北宋六贼起到的破坏作用绝不是奸臣六加六，而是奸臣的六次方，政有蔡京，军有童贯，财有朱勔，等等。他们分工明确，能准确击倒国家的各大命脉。

北宋是早晚会亡的，但他们是强效催化剂。

且不说赵桓并不是什么明君，就算他是，接到这个破破烂烂的江山的时候，也已经无力回天了。

这个王朝已经病入膏肓。

而童贯，无疑是六贼里的大输出。

可笑的是，他破坏力极大的主要原因，是他有一定的军事才华。

或许真正能掀起大风大雨的奸佞，都多多少少是有才的。一点才都没有的，叫小丑，无论怎样也蹦跶不了多久。

　　但童贯一辈子都不明白，怎么做个将军。

　　他不知道，接下虎符的那一刻，他就不再是一个普普通通的人，他该忘记功名、钱财，他的心里该只有一个要守护的国家。

　　一个想要干出一番事业的将军，是需要德的。

　　而很早很早以前，在好水川，就有过一个真正的将军，但他牺牲了。

　　他叫任福。

　　死前，他朝皇帝的方向郑重一拜。

　　对不起，官家，没能给您带来胜利。

　　从他出生、从军，到胸口被李元昊部下的刀捅穿，他无愧于君王、无愧于大地。

　　他虽打了败仗，他虽死了，但他是一个好将领。

　　…………

　　至于童贯，他很可怜。

　　因为他坏事做尽。

　　因为他坏了一辈子，到死也没活个明白。

文天祥：孤臣叹伶仃

（公元1236年—1283年）

公元1279年，南宋丞相文天祥孤身坐在元朝囚船之中。彼时的南宋已是行将就木之时，原本以临安（今杭州）为首都的南宋，已败退到广东一带。此时的南宋军队，背面是元朝海军，面前是元朝铁骑，腹背受敌之下，"全军覆没"似乎已经不是一个遥远的词语。

文天祥眼睁睁地看着，宋朝，这个昔日繁盛富饶的朝代，在灭亡的泥潭中一步步身陷，只能无力地垂死挣扎。悲愤，如滔滔海潮一般的悲愤，在文天祥的脑海之中不断地翻涌着。这个满心绝望的孤臣，这个把自己和南宋存亡紧紧拴在一起的忠臣，这个把自己全部的钱财、精力，乃至自己和家人的生命都献给南宋的丞相，在南宋烽火漫天、岌岌可危之时，竟无力抗争，只能在元朝人的看守和嘲讽之下屈辱度日。

在囚船行至零丁洋之时，他的心被"零丁"二字点燃。船外是零丁洋，船内是伶仃人。恰好在零丁洋上时，当时元军的将领张弘范要求文天祥写信劝降张世杰。文天祥忠贞如是，当然不会答应。但张弘范却依旧逼迫他写劝降信。绝境之下，文天祥心中积攒已久的悲愤和无力终于决堤，泻出于笔墨之间。他提笔写下《过零丁洋》作为对张弘范的回复。这首诗似是笔墨写就，又似是血泪凝成。

> 辛苦遭逢起一经，干戈寥落四周星。
>
> 山河破碎风飘絮，身世浮沉雨打萍。
>
> 惶恐滩头说惶恐，零丁洋里叹零丁。
>
> 人生自古谁无死？留取丹心照汗青。

　　人生过往数十年的坎坷起伏在文天祥的脑海中生动地重演。他似乎又看见了自己考中状元、登科入仕时的景象。

　　宋代举办殿试的宫殿名为集英殿，这巍峨宫宇也是文天祥一生命运沉浮的起点。文天祥步入此殿应殿试时不过二十岁。在古代，男子二十岁叫作"弱冠之年"，即刚刚成年，也正是少年意气之时。

　　文天祥在殿试的"策论"环节中，以"法天不息"为题，写下了万余字的论文。"不息"，即一往无前，永不停止。文天祥以"法天不息"为文旨，实际上是呼吁皇帝进行大刀阔斧的改革。这篇文章不仅融入了文天祥深邃的哲思，更饱含他重振宋朝的期望。皇帝被他深深打动，故而文天祥的殿试成绩原本为第五，后来却被皇帝亲自擢为第一。这场科举的考官王应麟也曾上书皇帝，称文天祥"忠肝如铁石"，是不可多得的人才。所以说，文天祥不仅是凭借着过人的学识，更是凭借着忠于大宋的决心中得状元。

然而殿试夺魁的欢喜并没有冲散文天祥对于国事的忧虑。当时的宋朝并不是一个适合少年英才施展才能的舞台。相反，这个国家早已如摇摇欲坠的大厦。昏君、佞臣、强敌，像三座阻塞南宋前路的高耸大山。从书生军士到老弱妇孺，无人不知元军来势汹汹，无人不晓宋朝亡国之日或许不会太远。文天祥也是如此。

文天祥自科举入仕起，就反复上书陈述朝堂弊病。当时当政皇帝沉迷享乐，宠信宦官董宋臣。而善于逢迎的董宋臣为了讨好皇帝，做出了种种荒唐事，使得南宋朝堂内外乌烟瘴气。国家的内忧外患令文天祥忧虑非常，他明知对抗宦官无异于以卵击石，仍上书请求皇帝诛杀董宋臣。不出意料，皇帝置之不理，文天祥也在以董宋臣为首的宦官的排挤下游离在朝堂边缘。

文天祥二十岁经科举入仕，到三十七岁时就已上书致仕。这十七年来，文天祥饱受冷落陷害，这让他逐渐心灰意冷，最终在三十七岁这年辞官归隐，打算在渔樵之中安度一生。

然而国家有难，文天祥无法置身事外。元军大举入侵，临安陷落，当时的太后随即颁令勤王。文天祥也由此从一个文官变成了冲锋陷阵的将军，直至受命官拜右丞相。"勤王"，即起兵救王。

文天祥变卖家财，聚集宋朝豪杰，一同抗元勤王。他虽然为官时间不长，但为官期间以清廉仁义著称，所以声望极高，一时间上万豪杰群起响应。文天祥也被临时任命为丞相，担当救国大任。

文天祥起兵之初，军队士气极高，他们以收复江西一带为号，一连收复了不少失地。不久后，文天祥收复了梅州，而梅州正是文天祥的妻子家人所在之地。与妻儿相聚之后，文天祥的信心大涨，军队的士气也随之高涨。但是元军的军力远远胜过宋军，仅凭文天祥一人难以招架。在江西一带，文天祥的一个部下领民兵与元朝的骑兵部队相遇，民兵当即溃不成军，竟然自相踩踏，致死伤无数。元朝将领乘胜追击，文天祥险些落入敌手。但好在上天站在了文天祥这一边，追兵在险峻的山路小径上时，忽然有巨大的石块挡住了他们的去路，使得其速度大减。除了"天命"襄助之外，还有"人事"的拼死相护。一位仁人志士为了帮助文天祥逃脱，竟向元军声称自己就是文天祥，以死换得文天祥逃脱。由此可见，文天祥有多受人敬重。

但文天祥遇到的危机并未结束，江西一战只是漫长抗元路中的一次挫折。兵败之后，文天祥逃到了广东，此地正是南宋天子避难之处。在广东一带，由于水土不服，军队中瘟疫横行，连文天祥的母亲也死于瘟疫之中。一边是瘟疫，一边是元军，两重危难之下，军队的实力大减，文天祥手下的豪杰死伤无数。抗元的希望日渐渺茫，但文天祥和他手下的豪杰将士却丝毫没有丧失斗志。直到军队在元军的猛攻下溃败，直到文天祥兵败被擒，这支队伍都在拼命抗争。这支队伍并非"正规军"，并未接受过正规军的训练，却在国家危亡之时滴尽了最后一滴血。文天祥和与他一同抗元的军队，无疑是"留取丹心照汗青"这句千古名句的最生动诠释。

被擒时，文天祥一心求死。他一生刚直，早已决心宁死不受辱。他早已想好，如果兵败被擒，他就饮毒自尽，故而上战场时怀中就带着用于自尽的毒药。后来，在兵败之时，绝望中的文天祥一心殉国，饮下怀中的毒药，但尽管服毒剂量甚大，毒药却没有生效。此后，在元军的看守下，他也曾试图绝食自尽，但也因元朝人强迫他饮食而失败。见到元朝将领张弘范时，他身边的人都命令文天祥拜见这位将领，文天祥却宁死不从，张弘范最终只得以客礼对待他。

元军没有立刻把文天祥杀死，也没有把他押解北上。似乎是为了消磨文天祥的意志，元朝人让他留在了广东一带，在元军看守之下"观战"。就是在这过程中，押送文天祥的囚船驶过了零丁洋，文天祥写下了古往今来令无数读者潸然泪下的《过零丁洋》。

文天祥起兵勤王，是南宋的最后一次回光返照，而文天祥被俘后，南宋的灭亡就已经近在眼前了。不久后，南宋在广东厓山一带大败于元军，所剩的十万军民，无一人投降，无一人逃跑，竟齐齐投入南海之中，以身殉国，令南海的波涛也染成了鲜红色。陆秀夫为了不让年幼的皇帝在元朝受辱，也背着他一同跳入了深不见底的南海。自此，统治中国三百余年的宋朝灭亡了。

自兵败被俘起，文天祥就已有必死决心。听闻宋亡的消息，文天祥求死的决心越发坚定。元朝皇帝忽必烈爱重他的才能，就算在文天祥那儿屡屡碰壁，也没有放弃劝降他的打算。但即使宋朝已经灭亡，即使南宋只剩文天祥一个人在苦苦坚守，他也从未想过投降。

张弘范曾劝说他，国家亡了，忠臣的任务也尽了，何必把自己拴在一个已经灭亡的朝代上呢？但文天祥却以商朝贤人夷齐自比。夷齐在商朝灭亡后，不愿吃周朝的粟米，最终绝食而死。而他文天祥，也要效仿夷齐，为故国尽最后的忠心。

碧血丹心，忠肝义胆，文天祥是"忠诚"二字最生动的注解。汗青，喻指史册。文天祥就如他写在《过零丁洋》中的一般，把一片忠心永远铭刻在了史册之上。

若说宋朝灭亡的大势是山，那文天祥就是一铲一铲掘土移山的愚公。在愚公移山的故事中，有位嘲笑愚公的智者，他说渺小如愚公，如何能撼动山脉。相似的是，以天下大势劝说文天祥的人也不在少数，但文天祥除了痛心之外，从未答应过他们的劝说。

文天祥难道无法看清天下大势吗？非也。他二十岁高中状元，又曾带兵屡破敌军，如此智谋，怎么可能不会"审时度势"呢？愚公非愚，也并不是认不清形势，只是不愿屈服于形势，即使粉身碎骨，也要坚守本心。

有位一路追随文天祥的忠义之士，依据文天祥遗愿，为文天祥编了一部详细记录他生平的《文丞相传》。这部《文丞相传》中详细叙述了文天祥就义的过程，每一字每一句，都是文天祥碧血丹心的见证。

直到文天祥被赐死的前几天，忽必烈仍然没有放弃劝降他，但文天祥忠于宋朝的意志依然如铁壁一般，没有丝毫动摇。忽必烈甚至以中书宰相之高位来诱惑文天祥，并向他许诺，如果文天祥愿意像效忠宋朝一样效忠于他，那宰相、枢密使这样的高位马上就能入他囊中。

但文天祥却沉着脸拒绝了。

"一死之外，无可为者。"

短短八字，道尽了忠臣血性。

见文天祥软硬不吃，忽必烈终于断绝了招纳这位南宋贤臣的希望，在元朝官员的极力劝说下，下旨赐死了文天祥。

有史书记载，至元十九年腊月，文天祥被押往刑场，但他的眼里并无半分恐惧，只有以身殉国的决心。临刑前，文天祥向围观者询问何方为南方，并向南面深深一拜。随后，他又向行刑的小吏说道"吾事毕矣"，他已经完成了一个亡国忠臣应该完成的使命，而这最后一个使命，就是从容就义。

文天祥死于北方的燕地，但彼时的燕地有不少南宋遗民。这些遗民见文丞相被处死，皆哀痛万分，以慷慨悲凉的歌声为他送别，也有人以酒来告慰他的亡魂。

不只在场的人为文天祥送别，连天地也异象突现。文天祥受刑时，沙石骤起，大风不止，漫天的云雾与尘埃遮蔽了日光，使天地晦暗，在场的刑场守卫都惊骇不已。这般景象，就像是上天也在为这位赤胆忠臣叹惋、送别。又或者，是文天祥的忠心耀绝天地，连日月也为之失色。

文天祥在殒命前，留下了一首绝笔。这首绝笔是他对天地的宣告，也是他一生的写照。

孔曰成仁，孟曰取义，惟其义尽，所以仁至。

读圣贤书，所学何事？而今而后，庶几无愧。

杨慎：青山依旧在，几度夕阳红

（公元 1488 年—1559 年）

公元 1488 年冬日，学士杨廷和正在妻子的产房外焦急徘徊。此时的杨廷和，正值年富力强之时，是大明官场上的耀眼新星。十年前，年不足弱冠的他就考中了进士，并被委以重任，即给太子、未来的明武宗朱厚照讲学。不久后，一个哭声嘹亮的新生婴孩被抱出了产房。杨廷和对这个孩子怜爱非常，思量许久，他决定了这个孩子的名字——杨慎。

杨廷和并不是这个家族中的第一位显贵，他的父亲杨春也是位进士。可以说，杨家是名副其实的书香门第。而小杨慎在这般家庭环境中逐渐长大，自然而然，他也在长辈们的熏陶中成了位有操守有气节的儒士。

杨慎从小聪敏好学，甚至不逊于他十九岁就考中进士的父亲杨廷和。当然，他并不是只会背书的书呆子，因为他对作诗也颇有天赋。他幼年时所作的诗就已让他诗名大震，甚至不像是出自幼儿之手。

当然，此时杨慎所作的诗，即使已经是远超常人的水平，但在他一生中所作的众多诗篇中也并不算极为出彩，这或许与他此时的阅历有关。此时的杨慎，眼界只限于书房中的一沓一沓古籍经典，以及父母的教诲。如一只尚未出巢的雏鹰，仰着脖子，仅能从巢穴之中窥见广阔的天地。

雏鹰终将振翅，对于一个儒士来说，科举便是他振翅的第一步。但杨慎的科举之路并不算一帆风顺。第一次科举过程中，蜡烛的火星点着了杨慎的答卷，使得他不幸落榜。这次科举是杨慎一生中遇到的第一次实质性的挫折，幸而这一次科举中遇到的意外困难没有使他放弃。在准备再战科考的过程中，他依旧刻苦学习，所以在第二次科举中，年仅二十三岁的杨慎一举夺魁，考中状元。

此后十二年，杨慎虽然因为刚直而仕途不顺，但总体来说没有遭过大难。彼时杨廷和也正处于朝堂中央，杨慎的生活不会差到哪里去。即使曾因得罪皇帝而无奈辞官，也在嘉靖皇帝明世宗朱厚熜即位后被重新起用，甚至担上了给皇帝讲学的重任。

杨慎一生中真正的转折点，是明世宗朱厚熜发起的"大礼议"事件。这次事件堪称大明朝堂旋涡中心的一次风暴，牵连极广，不少朝臣因此遭难。

明世宗朱厚熜并不是上一任皇帝的儿子，而是上一任皇帝的堂弟，而他的生身父亲是一位藩王。这也就带来了一个大难题，那就是朱厚熜的即位诏书和祭祀之中，要如何称呼自己的亲生父母。杨慎的父亲杨廷和此时正任内阁首辅，话语权极大。他认为朱厚熜在祭祀之中，应该称自己的生父为"皇叔考"，而不是"皇考"。但朱厚熜显然难以接受这个提议，"大礼议"之争也由此而发。

"大礼议"之争，简单来说就是朱厚熜要不要被过继给伯父一脉的问题。朱厚熜认为自己只是继承了个皇位，没必要再认伯父为生父，但以杨廷和为首的庞大臣子群体却坚决不同意，认为他既然享受皇子待遇坐上了龙椅，就该尊敬地管伯父叫父亲。

"大礼议"事件中的第一次战役，发生在朱厚熜奉迎生母蒋氏的过程中。朱厚熜坚持以皇太后礼迎接母亲，遭到了杨廷和的激烈反对。但朱厚熜以退位相逼，最终赢得了这一次战役的胜利，即以皇太后礼迎接生母蒋氏。

一系列波折之后，杨廷和选择退休回家，远离这个纷乱的战场。此时朱厚熜已羽翼渐丰，他爽快地挥挥手，告别了他心中这个顽固不化的老臣子。

"大礼议"这样事件的结果，要么是争执中的一方完全溃败，要么是双方互退一步，达成休战协议。而"大礼议"的结果便是后者。朱厚熜称自己的父亲为"本生皇考"，称母亲为"本生母"，即认伯父一脉为父亲，但又不完全把伯父当生身父亲，表明在生理学上他依然是生父的儿子。

这件事或许是"大礼议"事件的一个不错的结果，但杨慎却仍不乐意，他认为朱厚熜此举是毁坏了礼节。杨慎誓为礼节大义而死，与一批臣子在宫殿前下跪号哭。朱厚熜怒不可遏，当即罚杨慎受了廷杖，而后谪戍云南永昌卫，就是发配边境充军。

今人或许可以笑杨慎迂腐，困于自认为的"节操礼节"之中，但在杨慎所处的时代环境，在他所接受的教育之中，礼义就是大过天的事情，是一个明朝儒生需要用生命捍卫的信仰。杨慎在捍卫信仰的过程中，迸发出了一个书生的勇气和血性。这勇气和血性，令人敬佩。

流放永昌卫充军，说白了就是另一种"死刑"。只是比之死刑，这种刑罚带来的折磨，时间要长得多。三十六岁的杨慎，一夕之间从朝廷命官变成了充军罪犯，其间痛苦，不言而喻。但杨慎虽遭难，其为国为民的心没有变。民间传说中，杨慎为了救济被侵占田地的百姓，竟把自家不多的粮食散给他们，自己只能挨饿。

若说杨慎在充军期间还有什么慰藉的话，那便只有他手中尚能用于写作的笔墨和远在新都的妻子黄峨。由于杨家两代人获罪时，家产并未被抄没，所以作为长房正妻的黄峨担负起了打理家财的重任。杨家世代为官，虽然都是清官廉吏，但家财也不少。杨家有难，觊觎杨家家财的人自然也很多。幸而黄峨十分聪慧，许多危机都被她巧妙化解。杨慎谪戍永昌卫期间的开支，大多也要仰仗打理家财的妻子。

黄峨在历史上留下的称号，并不只限于"杨慎夫人"这一项，她还是有名的才女，留下的诗词曲作不少。她和杨慎堪称灵魂伴侣，故即使杨慎与她一生聚少离多，两人的感情也并未磨灭多少。有不少人质疑两人在杨慎被流放的时间里感情曾出现裂痕，甚至搬出了不知真伪的诗作来佐证。

几百年后，两人曾经的故事早已难以考证，但我们可以确定的是，在杨慎受难之时，妻子黄峨的理解和支持对他来说确是精神支柱般的存在。两人未因苦难而分离，反而相互支持直到生命尽头，死后也合葬一处。

"天南地北双飞客，老翅几回寒暑。"杨慎与黄峨，就像是相伴的老雁，从朱门大户飞到穷困潦倒，即使前路无光，即使分居两地，却仍相惜相伴，不曾分离。

按明律，发配充军者年老后可免罪还乡。但即使杨慎早已过了规定的年龄，仍没有受到赦免。在他七十一岁高龄之时，在返乡途中被抓回了云南永昌卫。

直到七十二岁时，杨慎病死。

杨慎终其一生，似乎都在用一种悲壮的方式捍卫心中的正道。在捍卫"正道"时，他遍身锋芒，像一个无畏的冲锋将士。

从出身名门、世代簪缨，到自幼聪敏、饱读诗书，再到登科入仕、宦场沉浮，最后走向"文死谏"的宿命，客死异乡。这样的人生轨迹在古代的读书人群体中并不少见，却是中国古代文人风骨的生动展现。

杨慎人生的七十多年里，大部分时间在为百姓生计和朝堂清明而战。这期间，他并不是没有独善其身的机会，也不是不能随波逐流。就算不做奸佞附庸来为虎作伥，他也可以选择做个把自己隐匿在朝堂角落的庸臣，起码不至于晚年还被扣在边鄙之地。但他没有，他选择了坚守本心直到去世。

他的一众诗词作品中，一句"青山依旧在，几度夕阳红"最为出名。

杨慎就像是自己笔下屹立不倒的青山，看尽日出和日落，看尽荣华和衰败，仍不改其心之赤诚。

第三辑　佳人·一枝花影

刘娥：昭昭日月

（公元 968 年—1033 年）

自古以来，被戏曲曲解从而被冤为恶人的人数不胜数，而这其中，刘娥应当算是尤其冤枉的一个。

在《狸猫换太子》的不懈努力下，刘娥成了一个狭隘善妒的女人。戏中的她干过的坏事令人发指，而那个在历史上只一笔带过的李宸妃反倒被刻画成了悲情女主。

其实刘娥小姐的真实人生非常励志，堪称通过努力改变命运的典范。

她生在蜀川，是个穷人家的女孩儿。如果不出意外，她应该会跟贫苦的丈夫龚美过一辈子。按当时穷人家的教育水平来说，女人想翻身其实挺困难的。

毕竟并不是所有命运坎坷的女子，都是像鱼玄机或者柳如是一样的天才。

她命里最大的变，是她嫁人之后，丈夫决定北漂。当然，这也是被生活逼迫。在古代，要离乡远行，并不像今日旅个游那样简单。

关于到了汴京之后，刘小姐是怎么进入襄王府，也就是赵恒的府邸的，正史写得非常含糊。人生就是这么奇妙，命运的起伏变换都只在一瞬间，时间短到可以被忽略。

刘娥对赵恒有着别样的吸引力。她聪明、伶俐，且花容月貌，虽不是名门出身，但也别有一番趣味。

后来事态严重到赵光义也亲自警告赵恒，赵恒才在乳母的督促下暂时"送走"了刘小姐。

令所有人都意想不到的是，这种"奴为出来难，教君恣意怜"式的恋爱让本来就不太理智的赵恒神魂颠倒，以至于在赵恒成为皇帝以后，竟把封刘娥为后视作最重要的事之一。

这可气炸了赵恒朝中的一票贤明大臣。他们像训斥叛逆儿子的老父亲一样，指责赵恒不明事理，反复劝他把出身高贵的沈氏立为皇后。但是再怎么样，皇帝还是皇帝，皇帝的意志难以违抗，所以刘娥成功逆袭，成了大宋后宫的女主人。

担任起封建时代最高危职业的刘娥小姐，却从一路走高的人生中冷静了下来，敏锐地察觉到了高收益背后的高风险。

为了让自己的未来永远光明，刘娥小姐需要尽快解决几个十分棘手的问题。

第一，是后台。和其他插手政治的皇后们相比，刘小姐的后台十分薄弱，几乎相当于没有。她摊开族谱往前数三代，连一个靠得住的也找不着。

于是她放眼前朝，选择了钱惟演。

钱惟演是西昆派的领袖，当然西昆体后来因为过于追求浮华被古文运动狠狠掀翻了，但此时他在文坛和政坛的地位都不错。欧阳修就是在参加他主持的宴会时，出了为歌姬寻簪而迟到的事儿。

龚美，不，这时候的龚美已经完美变身成为皇后的兄长刘美。他因为紧跟人佬的步伐，跟随潘美去南汉打了一仗，已经成为一个有头有脸的武官。

刘美娶了钱惟演的妹妹，就这样，七弯八拐地，刘小姐成功和钱惟演攀上了亲戚。这两人，也成了刘小姐辛苦组建的班底。

第二，是儿子。作为皇后，儿子的数量和质量，就是她最硬的实力。不幸的是，刘小姐一辈子都没有亲生的儿子。但是不要紧，作为皇后，整个宫里的孩子都得喊她一声娘。

时任宫女的李宸妃，生下了一个乖巧可爱的儿子赵祯。于是没有太多意外，这个当时还叫赵受益的孩子成了刘娥的养子。

这也就是《狸猫换太子》的原型。但是细看来这事儿也没有那么严重，甚至非常合规矩、非常合礼仪。

虽然说一生没再见到自己的儿子对李宸妃确实残忍，但是，刘娥从未虐待过她和她的儿子。甚至，赵祯这一生遇到过的最大的贵人，就是刘娥。

如果这样说您还不同意的话，我们可以看看宋度宗赵禥。赵禥的母亲出身卑微，怀上赵禥时，她在赵禥嫡母的逼迫下，喝下了堕胎药。当然赵禥命大，活了下来，就是出生之后不太健康，也不太聪明。

一个身份卑微的母亲，被迫杀死未出世的孩子。这是怎样的绝望与无奈。在喝下堕胎药之前，又是怎样的挣扎、怎样的痛苦。

刘娥能带给李氏和她的儿子希望。没有她，赵受益永远是赵受益，而不是赵祯。

这就是封建时代真实的后宫、真实的尊卑严明、真实的疼痛与曙光。

解决掉上述两大难题之后，刘小姐越过越顺。赵恒已然稳稳当当醉倒在她的石榴裙下，所以她决定把恩宠问题暂时丢到一边。赵恒依赖她，依赖她的温柔与主见。

客观来说，从政治智慧来看，赵恒啥都不是。

这个皇帝懦弱，无知，还自私。赵恒当政，大宋的脸面有一大半靠寇準死扛。就说当时西夏进攻吧，赵恒心里就只有一个字：逃！逼得寇準硬扯住他的龙袍不准他跑，他才勉强去前线露了个脸。

后来战况不断好转，赵恒却选择用送钱的方式结束战争，签下澶渊之盟，让恨铁不成钢的寇準气得跳脚。这样的举措让西夏人全体蒙圈了，文明大国的思维方式就是咱们理解不了的。

而看看赵恒死后刘娥的表现，这个丈夫的脸被打得啪啪响。

寇準当时已经因为反对刘娥而获罪南贬，愿意扶持刘娥的丁谓站上了宰执天团的中心位置。

丁谓不算傻，但他这辈子犯了一个很严重的错误，就是他低估了刘娥。

刘娥最明智的地方，在于她也许会短暂地依靠某个人，但不会永远依赖他。她最大的仰仗，永远是她自己。所以当丁谓企图独揽大权时，刘娥立马把他丢去了南方。

在刘娥听政时期，大量贤臣集体出现。不管是被不断神化的包拯，还是学过初中语文的学生都忘不掉的男人范仲淹，都成长在刘娥的治理下。

传闻当时刘娥令朝臣上报亲族，并假装将予以恩荫，后来竟然把这份名单记在小本本上。如果有人向她推荐好苗子，她要先在小本本上查一遍，如果没有这个人，再考虑任用。

高，实在是高。

除了政治大佬以外，刘娥的德行同样令人叹服。她让人挑不出错。刘小姐永远不会骄傲，是个完美的慈母。史书载她的侍女因为衣着华丽而被她训斥，因为那是嫔御才能享用的。

不仅如此，她对赵祯的生母李氏也非常厚道。对这个养子的生母，刘小姐始终没有下杀手，甚至给予她非常不错的生活条件，并在她活到正常死亡后加以追封。所以赵祯知道真相后，也无法因此指责她，甚至对她更加敬重。

刘娥能调和原本不太和谐的关系，这是她的精明所在。

她的功绩也同样可圈可点。她终结了扰乱宋王朝多年的"天书运动"，创设谏院，严惩贪吏，重视水利，发行"官交子"。

而她最令人叹服的一点，是她永远不会迈出最后一步，也就是成为第二个武则天。

当时有小官为讨好她献上《武后临朝图》，但是她斥责了他并把献上的图摔回那个小官脸上。放弃成为皇帝，是成就一个德传千古的章献皇后的最关键一步。

登上权力的极致，意味着杀出一条血路，彻底地排除异己，把支持赵祯的势力连根拔起。

但是这样做之后呢？

刘娥没有真正的亲族，没有任何人会死心塌地地跟随她，更没有任何可能传位给刘家人。在她过世之后，赵祯如何坐稳皇位？宋朝的路又如何走下去？

母子离心，内忧外患，天下大乱，都不是她想看到的。

她选择的退后，绝对不是遗憾。她在为北宋劳心劳力大半辈子之后去世，留下的是才比吕武、德过吕武的美名。

以一千多年之后的三观看刘娥的一生，也许能感受到许多的无奈。

就比如，才高如她，却只能通过男人的恩宠得到触碰权力的机会，尽管那个男人远不如她。

就比如，贵为皇后，她仍摆脱不了出身低微的枷锁，甚至得到凤冠的路也崎岖异常。

她像宋朝的月。宋史记载她的母亲庞氏梦月入怀，后有娠，似乎也可窥见时人对她的评价。

如果刘娥像武则天一样前有贞观后有开元，说不准大宋也不会一颓到底，太平兴国也不会只是年号。

她明亮而不灼热，能让宋人看见复兴的希望，尽管最终无法扭转黑夜。

昭昭若日月之明，离离如星辰之行。

她这一生，活得漂亮。

曹皇后：一个皇后和她的大宋

（公元 1015 年—1079 年）

《宋史·后妃传》中记载的曹皇后，似乎是个极为标准的贤后。

她恭谨、节俭，且重谷亲蚕，初为太后时曾垂帘听政，而在新帝疾愈之后又撤帘归权，似乎对权力没有丝毫留恋。她永远小心翼翼，尽管她是名将曹彬之后，尽管她一度无限接近于北宋权力的中心，她也不曾有丝毫僭越。从她入宫到她六十四岁得水疾去世，北宋从未有过外戚之患。

关于她的历史，从宋仁宗赵祯的第一任皇后郭氏被废、曹氏礼聘入宫开始。而她的少女时期、穿上皇后冕服之前的她，却消散在了时间之中。史书永远详略得当，留在史书里的，留在后世记忆里的，只有身为皇后的曹氏。

皇后这个词，太沉重了。后之意，乃女性中的领导者。被封为皇后，就要与皇帝并肩担负一个帝国的命运与兴衰。

似乎是命中注定，曹皇后也如所有人期望的那般，将一生奉献给了赵宋，辅佐三朝，陪宋朝走过了数十年风雨。

曹皇后的传记中，详细记载了她平宫乱的故事。

故事发生在庆历八年的正月。当时正是除夕后不久，新年的喜气还未完全散去，一场宫乱却突然搅乱了祥和的宫闱。当时曹皇后正与赵祯待在一起，却忽然听见了宫嫔被贼人打伤的叫喊声。似乎是出于先天的敏锐，曹皇后的大脑飞速运转，旋即起身，关上宫门，将惊慌欲走的赵祯关在了殿内。

当时有宦官瞒报实情，称是有老乳母殴打宫女，曹皇后怒极反笑，贼人都快杀到跟前了，身为皇帝近侍的宦官还在乱说谎。她猜测贼人一定会在宫中纵火，不出所料，贼人点燃了宫中的帘帐，而早有准备的曹皇后立刻命人用准备好的水将火扑灭。

为了让平乱的宫人更尽力，曹皇后亲自为派出的宫人剪发作为奖赏的凭证。奖赏之下，曹皇后派出的宫人很快平定了骚乱。

然而在这场宫乱结束之后，赵祯却想包庇宫乱的始作俑者。曹皇后一再劝谏，赵祯才同意按法律处置他们。

在庆历八年的宫乱中，曹皇后俨然是一位运筹帷幄的女将，禁苑之中就是她的沙场，她在一殿之内完成了一场完美的勤王。连身为皇帝的赵祯，在她的智谋和机敏面前也要自愧不如。

曹皇后是位好皇后，这一点所有人都无可置喙，但赵祯却并不爱她。仁宗一朝，若论宠妃，人人都会想到千娇百媚的张妃。

张妃骄横，甚至曾向曹皇后借皇后车驾。后妃用皇后仪仗，在封建时代是绝不被允许的，但曹皇后却同意了她的要求，直到赵祯亲自劝阻，张妃才作罢。

张妃死后，赵祯，这位一向守礼的皇帝竟顶住巨大压力将她追封为了皇后，可见他对张妃的真心。而这样的真心，却是曹皇后无缘得见的。

赵祯病死的消息来得很突然，初为太后的曹氏则匆匆从禁苑走向了前台。赵祯没有活下来的皇子，继位的新帝是赵祯的养子兼侄子宋英宗。赵祯并不喜爱这个养子。英宗早年在宫里谨小慎微，甚至吃不饱饭。曹氏心疼养子，常常暗中为他送去食物。

而英宗即位后，大臣提议请求讨论英宗生父的名分问题。比之养父母，英宗显然更为亲近自己的亲生父母，所以他强硬地要求，将自己的生父生母也奉为帝后，并为此展开了抗争，是为濮议之争。

濮议之争越闹越凶，可以想见曹氏地位之尴尬。然而对于曹氏漫长的一生而言，这段日子只能算作一个小插曲，因为英宗实际在位的时间也不过三四年光景。此后即位的，就是宋神宗赵顼。赵顼与父亲英宗不同，他十分敬爱这位同自己并无血缘关系的祖母，史载他"承迎娱悦，无所不尽"，足见神宗对祖母的孝顺。

成为太皇太后之后，曹氏并没有退隐深宫，反而时常参与朝政。她多年积攒的威望足以让她具有很高的话语权。当时苏轼因言获罪，险些死在御史台的监狱，曹太后闻此，立即伸出援手。苏轼最终免于死罪，曹太后的营救起到了极大的作用。

初读曹皇后的故事时，我曾认为她是可怜的。北宋宫禁森严，曹皇后在深宫之中熬了数十年，其中孤寂，实在令人叹息。但如今看来，成为皇后其实也是她的幸运。她并不是平凡女子，她有勇有谋，看似不争不抢，其实眼光甚广。若不是从皇后变成太后，再成为太皇太后，她永远难有展示才智的舞台。她曾无数次劝谏君王，也曾无数次左右朝政。封建王朝的历史很多时候只由男子铸就，但她的功绩却永远留在了宋朝的历史上。

然而幸运或不幸，都是后人的揣测而已。

关于她的喜怒哀乐，最终也是冷暖自知。

萧绰：来自草原的鹰

（公元 953 年—1009 年）

我曾在一个契丹女子身上见到了一种不同寻常的美。

她叫萧绰。

与常人眼中的古代女子不同，萧绰与温婉二字完全不沾边。相反，她的美是雄壮的，她是草原上的鹰。

萧是耶律阿保机赐给皇后述律平的姓氏，原因是阿保机是汉族文化的狂热爱好者。这就具休表现为，他给自己取名刘亿，又把萧姓赐给皇后，以此来表明，他和皇后就是辽版刘邦萧何。

多种因素使得一千年前的辽国萧姓女子成了某种特别的存在。

萧家与耶律家相伴，一路打拼，把这个原本一穷二白的民族发展成了北方一大强国。因此，作为耶律家和萧家的绳索，萧姓女子也成了这个国家无法抹去的牵绊。

萧绰就生在萧家，父亲萧思温是个当遍了辽国最高层官职的大贵族。照理说，萧绰可以顺顺溜溜地过完一生，永远做那个快乐的萧燕燕。

但萧绰所经历的难，却是常人无法想象的。

若说踏入辽宫是她无法摆脱的命运，之后在辽宫生活的数十年，全要靠她的打拼。

她的丈夫是耶律贤，一个还算清明的君王，但确实存在感不强。他还在世时，在辽国臣民眼中，萧绰就已经算是半个皇帝了。

事实上，这也不能全怪他。耶律贤体弱多病，如果非得逼他从事皇帝这千古第一高危职业，可能没过两年就一命呜呼了。这时候，他不得不选择依赖自己的皇后。

幸运的是，他的皇后确实值得信赖。

萧绰并没有成为辽版武则天的打算。就算耶律贤亲自下令，允许史官记载她说过的话时可以使用"朕"，相当于给了她皇帝的特权，她也始终只是个努力打拼的皇后。

这并不只是萧绰是否有野心的问题，毕竟辽与中原王朝大不相同。中原千年来，有王朝的时候就有叛乱，预防和治理叛乱也很有一套，即贵族少有持兵者。

而辽就不一样了，尽管萧绰在朝中已经努力发展出了不小的势力，但在贵族手中的巨大兵权面前，她又能掌控多少呢？

哪怕是来自中原王朝的武后，当年也只能以血封口，才成就了龙椅上的二十年。

若说耶律贤在世时，萧绰尚能安稳地做个勤快的皇后，那么丈夫去世后，她的太后生涯就可以说是直接开到地狱模式了。

耶律贤的早逝，让萧绰处于着前所未有的危险境地。

前面有提到，在她生之时，辽仍是个散乱的国家，百年前被耶律阿保机改变的世选制的印记，仍未完全消去。

辽没有经过宗法制和儒学的千年浸染，在他们眼里，子弑父，弟弑兄，并不像南方王朝眼中的那样大逆不道。

胜者为王是他们的法则，至于道德和亲情的印记，只能随着辽文明的成长逐渐加深。

所以，辽国贵族叛乱频发也并不奇怪了。

当时的辽宗室子弟，人均刺杀过爹或大哥。谁手里没有点兵，都不好意思说自己复姓耶律。

耶律贤的皇位，也是从叔叔手里接来的。而在南方王朝，这样的传位方式其实比较少见。

在这种情况下，不到三十岁的萧绰领着十二岁的耶律隆绪走上了皇位。此时，她的父亲萧思温已经遇刺身亡，这相当于，对一个皇后来说最重要的娘家也崩塌了。

萧绰，彻底地无依无靠了。

但幸好，她并不软弱可欺，她不需要依靠任何人。

她面对的，是随时可能包围内宫的贵族们和南边随时准备一雪前耻的宋朝。

　　但身为一个即将扛起整个国家的太后，萧绰挤不出一点时间来悲伤，她必须非常谨慎地走每一步棋，否则她的后半生将非常凄凉。

　　为了培养出自己的势力班子，萧绰选择了三个人，三个与自己有亲戚关系的人。虽然辽的亲情观念不如南方王朝深，但在错综复杂的关系之中，到底是亲戚关系比较靠谱。

　　第一位是萧挞凛，他是萧思温的族孙，四舍五入就是萧绰的大侄子。以命效忠宋朝的杨业就是被他亲手擒获的，最后杨业在狱中绝食而死，以饿死成全了他死守的气节。

　　另一位是耶律斜轸，妻子是萧绰的侄女。七弯八拐地，也算是和萧绰有着血缘关系。更不用说，他是凭借萧思温的推荐才走上仕途的，自己亲爹挑的人，到底是不会错的。

　　第三位，也是最重要的一位，是韩德让。此人确实才华出众，治国的时候可以做萧绰最称手的工具人。

　　把自己的班底紧紧捆绑在一起后，萧绰终于可以放开手，开始干她最擅长的事——治国。

　　辽国兴旺这么多年，必须给萧太后记个大功。

　　攘外必先安内，萧绰的野心先从移风易俗开始。这是一项可以让游牧民族快速发家的必行政策，自己摸爬滚打缓慢积累，哪有直接学习成长得快？

萧绰并非一个循规蹈矩的保守女人，她的改革来得又快又狠，直戳痛处。她对汉文化的学习绝不停留于抄作业，而是参考汉文化为辽量身打造了一套发展模式。对所有游牧民族来说，这都是教科书式的改革。

在国内大做文章之后，萧绰开始谋划南侵。

而这个计划因为企图捡漏的宋朝的忽然出兵被提前执行。

向赵光义进言北上的贺令图，显然只见到了辽国主少国疑，完全没想到十二岁的小隆绪背后是位比先帝更难欺负的太后。这次贸然进攻，让宋朝失去了杨业。前面有提到过，这是一位每一滴血都向着南方流淌的将军。

忠诚令英雄的离去更让人断肠。

这次失败让辽宋沉默了二十年。二十年后，把辽国收拾得妥妥当当的萧太后再次磨起刀来。她随便找了个借口，不久辽国的战马就再次冲向南方。

但这次，萧绰算准了一切，唯独算漏了寇準。

他是支撑起赵恒软趴趴的骨头的支架，具体表现为，他把差点哭出声的赵恒赶去了前线。

这是御驾亲征啊，我的君王在和我共同战斗啊！宋军立刻像打了鸡血一般，其恢复被占领的疆土的速度，令萧绰瞠目结舌。

让萧绰最终无奈放弃的，是萧挞凛被射穿了大脑门。此人的死给萧绰造成的损失，也许比折了一万士兵还大。

萧绰的南方疆土计划最后以澶渊之盟告终，此后百年，契丹人再没有攻入过宋朝的土地。澶渊之盟挨了一千年的骂，也挨了一千年的夸。其实在我看来，对辽对宋，这都并没有那么丢人。

对辽吧，他们想要什么？钱。

每年三十万，够不够？够。

对宋吧，他们想要什么？和平。

和平一百年，够不够？够。

此时，辽与宋都察觉到，继续打下去就是两败俱伤，不如在此画条线，各回各家。战与和并不是绝对的好或者绝对的坏，也并不是主战派大臣就是正直、主和派大臣就是软柿子的体现。

第一是主战派内部并非全都是岳飞或寇準这等纯净至极的爱国者；第二是连年征战也并非什么好事。

这次战争让萧绰失去了她的好帮手萧挞凛，也让赵恒这边耗去了大量的钱财和士兵。比每年送出三十多万这样的损失，抛开颜面来说，是比较划算的。

国家大事，并非要像江湖儿女那般快意恩仇。有时隐忍退让，也不失为一种好选择。当然，这种退让也要有一定的原则，韧与软之间，总有那么点差别。

签订澶渊之盟时，萧绰已经五十一岁，她老了，换句话说，她把青春都完完整整地投入辽国了。这个被她一口一口喂养大的国家甚至比耶律隆绪更像她的孩子。

澶渊之盟的五年后，萧绰病逝。

此生于丈夫、于祖先、于辽的万民，她都无愧了。

就像有她在，昌平盛世便指日可待。

她的美，来自她眼里的家国。

萧耨斤：可憎，亦可悲

（不详—公元1058年）

辽国之后的命运，却不似萧绰所期待的那样顺遂。

辽之后又出了个叫萧耨斤的太后。而这位萧耨斤是出了名的失格太后。

萧耨斤的祖上是耶律阿保机的皇后述律平。可是时运不济，这个长相凶狠吓人的女子沦落成为一个受人欺凌的宫女。

但成为宫女，也让她拥有了接近辽国统治阶层的机会。机缘巧合之下，她生下了当时的皇帝的长子，也就是与宋签下澶渊之盟的耶律隆绪的长子。

这个过程被传得非常离谱，甚至有人说，她是受到金鸡的祝福，变得美貌非常，所以当时的太后逼迫耶律隆绪把她纳作妃子。

但是生下孩子后，身份卑微的她却被迫把自己的孩子耶律宗真送到了皇后萧菩萨哥的怀抱。

这样的情节，对每个朝代来说，都不陌生。对耶律宗真来说，他眼里的母亲只有萧菩萨哥这个温柔而美丽的女子。而萧耨斤这位生母的存在不但没他觉得亲切，反而令他无比难堪。

日日夜夜的陪伴，比血缘的牵绊扎实多了。

但萧耨斤显然不是个悲情女子，她野心勃勃，而且在玩弄权术上，深得祖先述律平的真传。

她的丈夫对此非常清楚，所以他在去世前，就不断劝说她安心做好皇太妃。因为他知道，在弄权上，萧菩萨哥是个外行，萧耨斤真要闹起来，她完全招架不住。

这样的请求对萧耨斤来说是可笑的，如果这样就让她放弃谋权的机会，那才真是见了鬼。

耶律隆绪死后，萧耨斤私藏遗诏，并自立为太后。而且她并不想止步于此，她甚至把自己的生日定为应圣节，摆明了要把自己的儿子挤一边去。

大概同一时期，宋仁宗也很烦心养母刘娥干政的问题。但刘娥干政更多是为了宋朝考虑，而萧耨斤，她只是喜欢权力而已。

她的统治非常残暴，辽国上下在这样的残暴里熬了四年，这场叛乱才最终被耶律宗真平定。

被押解入耶律宗真的营帐中时，她就已不再是他的母亲。

或许她从未成为过他眼中的母亲。

碍于萧耨斤的身份，她没有被当场砍头，而是被送去庆州幽禁。五年后，她又被耶律宗真接回来奉养。

但她直到此时也并没有后悔的意思。这对母子之间的怨恨，到耶律宗真去世都还没有结束。

萧耨斤的一生，在她自己看来也许并不算悲哀。她喜欢的是玩弄权力和他人性命的快感，至于亲情或爱情，她全然不在意。

但从另一种角度来说，她的一生实在是失败透顶。在她的丈夫和亲生儿子眼中，只有萧菩萨哥能成为这个家庭中的母亲。

萧耨斤打拼一生，也没逃出孤独的命运。

她有很多党羽，很多人因为利益或畏惧而臣服于她，但她没有任何一个亲信。她的所谓集团只是一个为了权力而勉强搭建起来的破烂团体，一打就乱，一挑就散。

她没有亲人，血缘上或政治上，都从来没有。

她是个畸形的人，早年被嫌弃被踩踏的经历让她急于成为自己眼中的人上人，也让她看不到更远处，看不到江山社稷和天下百姓。

让她篡得权位，于她、于辽国，都是灾难。

她确实曾坐上了权力的最高端，也确实改变了卑微一生的命运，过上了锦衣玉食的生活。

但她卑劣的内里从未改变，到头来，她也只是个锦衣玉食的精神穷人。

比起可憎来，她更可悲。

萧观音：积岁青苔厚阶面

（公元 1040 年—1075 年）

我读历史，最怕"本该"二字。

这二字的背后，是再也无法实现的痴想和结局落定后无边无际的感慨与无奈。

这二字总引得我叹息落泪。待我心绪平静后，又常无端生出落寞与寂寥来。

　　六朝旧事随流水，但寒烟、衰草凝绿。

历史时常使我不由自主地吟出这句词。

不论繁华或倾颓，都过去了。

…………

萧观音的凋落像是无法逃避的必然。

她本不该在玉楼金阙间消磨无趣而漫长的年月。

铜与金铸成的凤冠，总该是沉重的。

她最大的不幸，大概就是她有个叫萧耨斤的姑姑，并且，这个姑姑对权力的贪恋已经到了走火入魔的地步。

其实，把侄女拖进皇宫也并非什么稀罕事。真稀罕的，是萧观音的婆婆，也就是上一代皇后萧挞里，她也是萧耨斤的侄女。

这也就是说，萧耨斤的两个侄女搞定了耶律家子孙两代。

仔细想来，这大概就是辽人的辈分观念还并没有进化到汉人那样清晰的缘故。所以，只要年龄合适，萧观音嫁给表姐萧挞里的儿子也并没有什么奇怪的。

这样的婚姻，可能是源于耶律与萧互相通婚的习俗，可能是来源于两家长辈的谋划，但不管怎样，和萧观音的意愿都没什么关系。

她是个在书墨里长大的孩子，心中、笔下都是文人独有的弯弯绕绕。与她并肩的，本不该是大字不识几个的耶律洪基。

走进辽宫后，等待她的是无边无际的孤独。她的孤独不是青春红颜无人欣赏的孤独，而是一腔诗意难以诉说的文士的孤独。

相比于爱人，她或许更急需一个知己。

但没人管她想要些什么，对所有人来说，她只是个质量过关的棋子。对她的娘家来说，她是个好使的皇后；对她的丈夫来说，她是个颜值和品行都不错的妻子，甚至她没事儿还能写两首诗，展现一下辽国皇室的文化水平。

但萧观音是谁？她何曾只是个普通的皇后或普通的妻子？

她的文名自然不需要我的过多赞颂。毕竟，她是用一组《回心院》就拿下了辽国第一词人称号的文字天才，同时，她也几乎是辽国唯一一个能拿得出手的文学家以及音乐家。

她的笔，虽生长在南国的诗风里，却夹着在南国难以寻见的率真。草原的开阔，是契丹人刻在基因里的永远无法抹去的印记。

再温婉纤柔，她也是草原的女儿。

在皇后生活顺风顺水时，她留下的墨迹实在是太少太少了。或许是萧女士实在过于佛系，又或许她当年所写其实并不少，只是在变故和战乱里，没哪个契丹人愿意费心去整理一堆凌乱的诗文而已。

所以，她年轻时的喜怒哀乐，已然随着她的诗与词一同失传。

她早年唯一流传下来的诗歌，是在伏虎林为了给丈夫耶律洪基助兴而写，并且，还是受命而作。

说到这里，我就不得不感谢一下用下诏来命令萧观音作诗的耶律洪基。

在史料太难寻找的情况下，只有从这首应制诗里，我才能窥见萧观音的血肉、窥见她的豪情。

还有，埋在诗里的苦心。

威风万里压南邦，东去能翻鸭绿江。

灵怪大千俱破胆，那教猛虎不投降。

我的丈夫啊，你的武功令猛兽鬼怪皆臣服。然敌国未灭，江山不稳，你就已经开始在猎场上消磨时光，沉溺在臣下侍从的奉承声里。

她在呼喊，举兵南下啊！去完成先辈未竟的事业。

站在中原人的角度看，萧观音像是一个劝国君侵略他国的贼人。而事实上，她只是个担心丈夫玩物丧志的妻子。

在她写下应制诗之初，耶律洪基非常高兴，甚至把她称作"女中才子"。时间长了，他才觉得不对头，我老婆是在骂我。

帝后最理想的状态，当如唐太宗与长孙皇后那样，相敬如宾。他们一个理智清醒，可以进谏；一个更加理智清醒，愿意纳谏。

但可惜，萧观音之贤比长孙皇后之贤也许差不得多少；但耶律洪基与唐太宗的差距，那就不是天壤二字可以描述的了。

所以反应过来的耶律洪基勃然大怒，好家伙，萧观音她竟然不崇拜如此优秀甚至能单挑老虎的我，竟然还批评我不理朝政。

像是必然地，萧观音受到了全方位的冷落。在耶律洪基眼里，萧观音差不多就是个非要把他叫醒的闹钟，恼人得很。

从此之后，她不再是众人心中仰慕的才女、不再是受宠的皇后。或许有辽宫宫女结伴遇上她时，还会明目张胆地嘀咕两句。

　　在上谏之初，萧观音一定清楚自己面临的是危险的不确定性。但直到皇帝的愤怒和冷落终于降临时，她才真实地感受到这种彻骨的冰寒。

　　为此，她写下了流传最广的《回心院》，以期看到这组小令的耶律洪基能回心转意。但在猎场上兴风作浪的耶律洪基，也许只是皱着眉头瞅了一眼随从递来的皇后新词十首，就把它们丢进了可回收垃圾桶。

　　萧观音独坐在她的小院里。香枕仍在，熏炉仍在，只是已经游丝络网，积岁青苔，萧条不堪。

　　无法逆转。一切无法逆转。

　　耶律洪基的玩心与萧观音的忧虑一样顽固。只要这二者依然存在，他们就无法和谐地生活在同一屋檐下。

　　落寞时，萧观音却幸运地遇上了一位知己。

　　但当时没有任何人想到，这样的幸运却是萧观音最终香消玉殒的祸端。

　　这位知己叫赵惟一，是个伶官。萧观音身为一个音乐家，当然容易与同样精通音乐的伶官成为知己。再者，他们一个是在回心院里孤独等待的皇后，一个是身世卑微命如草芥的乐官，可以说是一个比一个落魄。这种情况下，朋友，越发显得珍贵。

或许是寂寞皇后与年轻伶官的身份实在太过暧昧、惹人猜疑的缘故，萧观音与赵惟一私通的流言，逐渐在辽宫闲得发慌的宫女宫监中流传。

这样的流言就是空穴来风，这是无可争议的。萧观音与赵惟一之间，是人间至贵的知己之谊。在这样的情感面前，诬陷两人私通，实在是对"知己"二字的亵渎。

但在忙于看热闹的宫人面前，是不是真的大概不重要了。他们需要的只是一个打发时间的话题而已。

流言这个火药引越埋越大，所以，常年看不惯萧观音的小人们准备着手点火。

单登是辽宫宫女，她年轻娇媚，并且擅长音乐，这无疑是种锦上添花。这让她在辽宫有了足够的竞争力。

但就在耶律洪基激动地搓搓手、打算把她收入囊中时，却被萧观音拒绝了。当然，其原因很可能是吃醋。

这事儿看起来就这么完了，或许过不了两天耶律洪基就忘了还有单登这么个人了。

但是，单登的火气非常大。她虽势力单薄无法报复萧观音，但她每天回家都会对着妹妹发牢骚，要不是宫里有个什么整天和赵惟一黏一块的萧皇后，姐姐我早就飞黄腾达了。

更不巧的是，单登的妹妹有个情夫，他叫耶律乙辛。

人间屠刀耶律乙辛的名声，那可是大辽两百年第一臭。而他本人，确实也担得起这样响亮的名头。

其实，就算没有耶律乙辛，也会有耶律丙辛、耶律丁辛。在流言如此之盛的情况下，萧观音很难继续安全地活下去。

但耶律乙辛，无疑成了一个强力催化剂。萧观音是将要成为太后的人，她的儿子如果坐上皇位，那对耶律乙辛来说可是致命打击。如今有了萧观音的把柄，他自然要抓住机会置她于死地。

耶律乙辛是个真正的奸臣，他治国可能没什么本事，但害人可是他的老本行。他先为皇后编造了一个完整的香艳故事，再着手写下了更加引人猜疑的《十香词》。

在他把这组诗呈给萧观音看的时候，她并没有生疑。她根本没有想到，这个和自己没有什么过节的权臣会陷害自己。

于是，史称她在这组诗上题诗一首，却不想这首诗却成了贼人口中她私通的铁证，因为本诗完美地串起了"赵惟一"三字。

但这首诗是否真的是萧观音所作，我并不能确定。史书太难琢磨，夹杂了太多人的意志，这让她的罪变得扑朔迷离。

在我看来，她就算觉得耶律乙辛没有理由陷害她，以她的聪慧，也不至于把藏有情人名字的诗题在《十香词》上。

但不管是不是她写的，耶律洪基在看到这组诗时，不出所料地暴怒了。他觉得自己绿透了，甚至吐出的每口气都是绿色的。

怒火会冲淡人的理智，更何况，耶律洪基本就不是个很理智的人。所以，耶律乙辛接下来的行动都顺利得荒唐。

在耶律乙辛的指导下，赵惟一被屈打成招，最后被株连全族。而萧观音在狱中写下《绝命词》，后被杀，尸首运回萧家。甚至，这件事还祸及了萧观音的子女们。

她的《绝命词》里，是难以诉说的冤屈。

耶律洪基的怒火持续了很久。直到很多年后，他才愿意把萧观音的孩子接回宫继承皇位。

一位风华绝代的皇后，以一种屈辱至极的方式结束了生命。她的故事和她的尸身一起，被埋在了尘土之下。

…………

她本该与一个风流才子携手一生，共享草原的日出日落。她本该与自己的笔相伴数十年，很可能还会有属于她自己的文集。

她本该，是个无忧无虑的仙子，在无边无际的草原上奔跑一辈子。

天真与纯善都不是罪过，没有人能够骂她不长心眼。杀死她的，是猜疑，是流言，更是与她八字不合的辽国皇宫。

而她死后，辽国的国势也逐渐倾颓，再不复曾经光彩。

萧观音，是辽国的黄昏里一抹匆匆散去的晚霞。

萧瑟瑟：风声瑟瑟寒

（？—1121 年）

在大厦将倾之时，清醒意味着痛苦。

而萧瑟瑟比其他清醒者还要更惨一些，因为她不仅清醒，而且孤独。

辽宫那么大，每个人都假装着糊涂。

萧瑟瑟的眼前是玉楼和金阙，是宫阙内醉生梦死的君王和边疆战场上势如破竹的女真人。

当年萧瑟瑟被耶律延禧宠爱，纯属偶然。她只是简简单单地去姐夫家串了次门，就莫名其妙地被他带回了辽宫。

为了抱得美人归，耶律延禧的做法不合情也不合理。他没给萧瑟瑟安排一个好名分，就把她带走藏了起来。

没错，是藏了起来。

若问原因为何，大约是耶律延禧和皇后感情非常好，如果随随便便带貌美女子回家还要封作妃子，那耶律延禧可能马上就要面对妻子的愤怒。

但藏匿女子这一行为，就算是风俗不同寻常的辽也难以接受。过了几个月，耶律延禧实在熬不住群臣的进谏，才勉强答应给萧瑟瑟安个名头。

萧瑟瑟并不愚钝。她非常清楚，耶律延禧所看中的仅仅是她的美貌而已。把她带进宫，与看见一个漂亮小瓷娃娃就顺走，其实没有实质上的差别。

耶律延禧是个极其平庸的君王，他没什么大志。同为亡国之君，他没有李煜的才情，也没有朱由检的勤政。他不仅懒惰，而且愚笨。

虽说辽国灭亡不能全怪他，但他为辽国打上的这个句号，也实在是给辽国先辈们丢了个大脸。

他只是一个乱世里被随便挑出来、随意收拾成君王的混混。

他在年幼时曾遭到过耶律乙辛的暗杀，就是那个一手谋划害死萧观音的耶律乙辛。若非萧兀纳的保护，他完全没有成为君王的可能性。

当时的萧兀纳可能还不清楚，自己救下的皇储到底有多废。

耶律延禧根本没受过中原王朝正经皇储那样的正经教育。他唯二的爱好是喝酒和游猎，而这，无疑是他亡国的祸端之一。

一次宴席上，他命令女真族的酋长们为他跳舞。那时，女真族还是个尚未统一且长年被欺负的弱势民族，他们并没被辽国人当回事。

但在一大批女真酋长里，有一位却坚决不肯起舞。

他叫完颜阿骨打。

宴席后，带着怒气回家的完颜阿骨打迅速把女真族收拾整齐，让挨够了欺负的族人成为一支不断成长的力量。

长年被剥削积累的恐怖势能，在完颜阿骨打举刀杀进辽国城市的那一刻，瞬间爆发。甚至，从某种意义上来说，女真人的进攻算不得侵略。

与前线危险的形势不同，辽宫内的宫女们尚在议论哪位妃子抹的脂粉比较红，或者哪位公主又研究出了新发式。这里的祥和不会被轻易打破。宫内的人们，了解战况的，或不了解的，都平平静静地过着和以往没有什么不同的日子。

萧瑟瑟若选择随水而浊，糊糊涂涂地凑合着过，也许还能安安稳稳地凭她宠妃的身份多过几年舒坦日子。若她运气好，或许还会在亡国前病逝。

但偏偏，她的目光穿透了辽宫沉重的宫墙，她看见边疆的硝烟四起，看见祖宗一点一点攒下来的国土被女真人大块大块地收入囊中。

更让她焦虑的是耶律延禧的逃避。

城市又少了两座？将军又折了两位？面对铺天盖地而来的坏

消息，耶律延禧想到了一个他认为绝佳的处理坏消息的办法。

那就是不看坏消息。

只要我没看见，那就是没有。

何其可笑！幸亏棺材板子隔音，否则耶律家的老祖宗们可能真要被气得从陵墓里爬出来，群殴这个不争气的败家子。

萧瑟瑟急了，她要进谏，她一定要进谏，她要把一个在歪路上兴风作浪的君王拉回正道。

但这样艰巨的任务交给一个平平常常的宠妃，实在是太过困难。

她只得选择写诗这一较为稳妥的办法。毕竟，她总不可能冲到耶律延禧面前，把他狠狠骂一顿。

她没有想到的是，她写下的两首谏诗，两首声声如血、字字若泪的谏诗，会成为她唯二流传下来的诗作。

她也没有意识到，装糊涂的人最害怕别人提醒现实有多么糟糕，她戳到了耶律延禧深埋于心的痛点。

或者说，就算她意识到了，她也只会选择这样做。

又或许，她在递上谏诗的时候，就已经做好了冤死的准备。

她是个女子，一个可能才十余岁宫龄的辽宫宫妃。

然，满朝文武云云，不及一个少女的血性。

她的谏诗惹怒了耶律延禧，这根导火索就此埋下，只等着一个火星，就可以轻易燃爆。

这个火星子不会缺席。

到萧奉先诬告萧瑟瑟与她的儿子敖卢斡谋反之时，萧瑟瑟与耶律延禧决裂已经有数年之久。而完颜阿骨打进攻辽国，也已有七年了。辽国支离破碎的江山，已经无法再被重振。

耶律延禧的冷漠让萧瑟瑟彻底放弃了对丈夫的信任，她转而期待自幼就是三好学生的儿子敖卢斡，期待他可以完成她的不可能完成的理想。

但恰是她对儿子的期待，让耶律延禧越来越不安。

更糟糕的是，一向很擅长把握君主小心思的萧奉先，逮住了这个一举扳倒萧瑟瑟母子的机会。

萧奉先的姐姐是耶律延禧的元妃。元妃还有个儿子，只是比起敖卢斡，那个孩子实在菜到不行。

这也就是说，萧瑟瑟是萧奉先走上人生巅峰的最大阻碍。

趁着萧瑟瑟出行去妹夫家看妹妹之际，萧奉先立刻上奏，说萧瑟瑟联合妹夫谋反。

怎么听怎么荒唐。更荒唐的是，耶律延禧信了。

或许他没信，只是他也好不容易才等到一个除去萧瑟瑟母子的机会，而且，他要做的仅仅是轻轻答应萧奉先一句就好，其他的由萧奉先包办。

所以，他就顺势同意了。

萧瑟瑟于他只是个小宠物，不能再多了。一个好看的宠物和一个可以让他吃香喝辣的皇位比起来，还是后者比较重要。

就算赔上一个儿子，如果能换来自己的两年安稳，也不算不值。

多好笑，是吧？

萧瑟瑟被她的丈夫亲自下令诛杀。

她死了，死于清醒。

她和她的儿子死后，辽国人心离散，她的哥哥叛辽归金，其余辽臣也对耶律延禧彻底寒心。

杀死萧瑟瑟，让耶律延禧失去了辽人对他的最后一点信任。

由于史料缺失，我无法确定被诛杀的萧瑟瑟是否有萧绰的通达和独当一面的魄力。她可以是谏臣，可以是内助，但她是否能成为一位真正的领导者，还无法确定。

但不管怎样，若耶律延禧真的如耶律贤，愿意无条件信任萧瑟瑟，让她和她的儿子主持大局，虽不一定扭转乾坤，也至少能为辽国多续两年命。

其他的不说，至少也不会让这位目光清明的女子怀着无尽的遗憾和哀伤死去。

不知数年后，被囚禁在女真人昏暗牢房里的耶律延禧，是否会想起那个曾经拼命想要救他的女子？

1125 年，辽国灭亡，享年二百一十八岁。此时距离萧瑟瑟离世，只有短短四年。

…………

我曾眼睁睁地看着，我的国家在我面前一点点腐烂、一点点崩塌。我看见我所爱的人们一点点走向灭亡。

我拼了命地抗争，我曾想用柔弱的双手撑起将要落下的夕阳，我想与即将笼罩天地的夜幕对抗。

但最后，我被我的族人们亲手杀死。

我的血是唱给辽国盛世两百年的挽歌。

辽国生于战争也亡于战争。在只有一身蛮力的时候，他们提着刀，遇见了汉文明。在契丹还没有进化出成熟文化时，就提前加入了温暖和谐的中原大家庭，并成了他们的一部分。

战争是他们惯用的交流方式，也是一种奇特的生存方式。他们是以漂泊为生的人，战争给他们带来了来自南国的丰饶的物产和厚重的文明，让他们得以在不长的时间内成长为一个与汉相似又不尽相同的独特文明。

他们一直漂泊着，在挨打与进攻之间徘徊，或许他们骨子里，并不习惯安定。所以在女真人进攻时，他们被迅速打散。

兴与亡之间，是没有扎稳的根基。

辽亡百年后，灭亡辽的金亦灭亡，不久宋命断厓山。又百年，蒙古铁骑被朱元璋赶去了漠北，用铁蹄踏出传奇的元亦灭亡。

一个个王朝被建起，又最终坍塌。

只是旌旗上的国号变了又变，一个百代不衰的文明却从未灭亡。

王朝只会交替。王朝何曾真的坍塌。

唐琬：春如旧

（公元 1128 年—1156 年）

这是个被讲过无数次的故事。

但我忍不住再写一次。用我自己的语言，写我的看法。

陆游和唐琬的婚姻实在是完美到小说都写不出。他们出身书香门第，又是表兄妹。虽与现代婚嫁观念相悖，但在古人看来，表兄妹成亲这是亲上加亲，妙得不行。

陆游和唐琬的婚姻，本不应该走到分离。他们的故事，不应以沈园墙上的《钗头凤》为结局。

二人成亲不久，陆母觉得在儿子的心中，儿媳已然比自己更重要了。或许最初只是些许的隔阂与芥蒂，但久而久之，这些隔阂与芥蒂堆积成了无法遏制的怒火。后来她甚至算命算到唐琬将来对自己不利。这句话荒谬至极，但却成了她与唐琬关系的引线。于是她勒令陆游休妻，与唐琬再不相见。

陆游最初并不愿与自己的妻子分离，他被夹在母亲与妻子之间，痛苦万分。他无法忤逆自己的母亲，因为母亲与他之间不只有血浓于水的亲情，更有长辈的权威；他也无法容许自己抛弃新婚不久的唐琬，她是位聪慧而灵秀的女子，于他而言，她是妻子，也是知己。他表面上把唐琬送走了，事实上常常与她暗中相会。

然而这样的关系很快被陆母发觉，她怒不可遏。不久，唐琬被迫改嫁，终究是与陆游彻底分离。

唐琬的第二任丈夫赵士程显赫更胜陆游，他是宋朝宗室，父亲是宋太宗赵光义的玄孙。不仅如此，他还十分宽厚，十分爱护经历分别之痛的唐琬。

只是赵士程始终无法让唐琬从过去的伤痛中走出来。陆游与唐琬分离十年后，在沈园偶遇。唐琬欲与陆游叙旧，而赵士程也并未阻拦。

陆唐二人在墙上题下两首《钗头凤》。

一个是山盟虽在，锦书难托。

一个是怕人询问，咽泪装欢。

不久唐琬郁郁而终，两人再无法相见。

初读这个故事时，我把所有的怨与怒一股脑儿堆在陆母身上。我固执地认为，是陆母的顽固与自私毁灭了这桩婚，我曾坚定地相信，如果陆游没有一味顺从他的母亲，他与唐琬一定可以白首偕老，终成佳话。加之我当时多少带些倾向性，所以我总觉得陆家母子二人的所作所为是不可饶恕的。

然而一桩悲剧的酿成，并不只是一两个人的苦果而已。

或许，这个拆散鸳鸯的恶人恰是陆母而已。

对陆母而言，她所期所望不过是儿子不要沉溺于儿女之情，而是专心仕途，把陆氏的光辉延续下去。再加之江湖术士算出唐琬将对她不利，重重担忧之下，逼陆游休妻仿佛是陆母唯一的选择。

她错了吗？错了。她愚昧，固执，甚至听信术士谗言而疑心自己的亲侄女。但我们却无法怪罪她，她只是个忧心儿子前途的母亲，退一万步说，她只是个宋人。让一个宋朝的母亲不惜一切支持儿子的爱情，对她来说无疑是强人所难。她或许是悲剧的执行者，是婚姻的刽子手，但她并不是其中祸因。

这样的悲剧在北宋并不会只有一桩两桩，只是独陆游与唐琬的悲剧因为两首《钗头凤》而载入史册，千年来一直为人惋惜。

悲剧常常是找不到祸源的，人们把悲剧的根源怪罪在上天的嫉妒与捉弄上，或许也是有感于此吧。

沈园的柳本无辜，为陆与唐二人的心血所染，成了宫墙怨柳。独愿来年柳条转青之时，柳下之人能团团圆圆、长长久久。

朱淑真：独眠人

（约公元 1135 年—1180 年）

朱淑真这一生有很多无奈。

她不断被来自家庭和时代的不可抗力左右，她无法为自己做主，婚姻也好，命运也好。

命如浮萍，便是如此。

她生于江南的一个书香门第，是一个聪慧而美丽的姑娘。年轻时的她也曾有过一段快乐的时光。很多年后，回想起来，朱淑真也许会很怀念那段无忧无虑的快乐时光。

要了解朱淑真，不妨从了解魏玩开始。

魏玩的丈夫曾布是曾巩的弟弟，是个忠奸难以评断的人。但可以肯定的是，他是个十足的渣男。

娶了魏玩后，曾布为了仕途四处奔走。其实，曾布的仕途并非不顺，若他想要带上魏玩，也不算什么难事。

但曾布偏不。他常年沉迷美色，与一众姬妾打得火热，魏玩则常年被他晾在一边，像是早就被他遗忘一样。

更令人窒息的是，魏玩的养女张氏，是一个本来和魏玩一样贤惠的小女人。谁想曾布竟与张氏暗生情愫，这令魏玩忧虑不已。

那是魏玩的养女啊！您看看，这是人能干出的事吗？

但是，受过的教育告诉魏玩，她应该顺从，她应该忍。

直到最后香消玉殒，魏玩也没有等到曾布的回头。

我甚至曾怀疑，欧公"玉勒雕鞍游冶处，楼高不见章台路"所写的就是魏玩。

我们无法苛责魏玩的温顺，至少在那个年代，她这样做没有任何问题，她甚至会被当时的家长当作别人家的好女孩来教育女儿。

而朱淑真的人生路线与她大不相同，没有做宰相的丈夫，也没有鲁国夫人的光环，性格也不尽相同。但，她们又奇妙地相似。

一样被支配。

一样无可奈何。

相传，朱淑真少年时曾与一个借宿她家的书生有过一段甜甜的恋爱。

书生家世不好，但极有文才。天真的少女常会为了一个才子佳人的童话而忘记一切，家世也好，钱财也好。

可惜，她没有等到书生金榜题名后归来与她再续前缘，就被父母急匆匆地安排给了一个三无小吏。

无才，无貌，无大志。

或许她的父母也十分担忧自己的女儿真的想不开而嫁给一个落榜书生。事实上，他们多虑了，从安排婚事到送女儿上花轿，一切都很顺利。

最可叹，她也曾是那个"含笑问檀郎，花强妾貌强"的青葱少女。

还没有看清丈夫的真面目时，朱淑真对婚后的爱情尚存有期盼。

在丈夫打算出走求取功名的时候，她也表示了支持，甚至相信丈夫是一个能成大事的人。

只是等待太长太长，长到朱淑真无法看清，未来的自己是否会在孤独里消磨一生。

她觉得很冷很冷，枕头也冷，月光也冷。

她的丈夫一身铜臭，对她也不甚好。妻子才名远扬倒让他觉得很丢面子，所以他想尽办法来压制妻子，以树立身为丈夫的威严。

很可笑。

可惜，有多少聪慧灵秀的女孩儿，最后都在这样可笑的生活里，被迫成了一个同样可笑的俗妇。

但朱淑真不同，她一直是她自己。

淑真有词句"断肠芳草远"，有人认为此句是她精神出轨的证据，我却不太相信。毕竟与丈夫之间的巨大鸿沟，亦可称作断肠芳草远。

当然，我毕竟也是带着很浓的粉丝滤镜去看她的，从她死后父母焚尽其诗稿的行为来看，这个女儿应当是让他们糟心透了的。朱淑真出轨也并非没有可能。

不管她有没有真正把鲜艳的帽子扣在丈夫头上，她挑战丈夫的权威这件事都是没有任何疑问的。

在丈夫打算纳妾、享齐人之福的时候，朱淑真彻底爆发了。她跑回了娘家，虽然那里并不欢迎她，根本不能算作她的避风港。

当时的人真让人觉得莫名其妙，男人如是，女人亦然。他们不觉得丈夫纳妾是什么不对的行为，妻子主动给丈夫纳妾甚至都会被大加赞赏，因为他们认为这一切本该如此。

自此关于朱淑真生平的可信度高的资料几乎全断，我们所能知道的就是，她在无边的寂寞中香消玉殒。

她大约死于1180年，由于她的父母做得很绝，她的生卒年都并不一定准确，生前的大部分诗作也被丢失或烧毁。她死后，多亏一个叫魏仲恭的诗人努力收集未被毁尽的诗稿，才有了现在诗圈女孩的心头好，也就是《断肠集》。

或许，她死后，只有为她整理诗稿的那个魏仲恭才是真正懂得她的人。

"断肠"二字实在合适得不行。

诗风、人生，都是。

我想起易安晚年曾愿教导邻家的女孩读书识字。那个女孩则理直气壮地拒绝，一个女孩子学这么多，有什么用？

最深的孤独，是周围的所有人都认为本就该是这样。在这种环境下，人心底的声音很容易被埋没，很容易消失。

毕竟，人或多或少都是从众的。

我们喜欢这个任性的才女，是因为她尊重自己、尊重自己的感受，这样的尊重，从不曾泯灭。

质疑和争议，无论是生前还是死后她都受到过太多太多了。由于没有准确的史料，我无法准确地判定，说她是个水性杨花的人，或者说，她完全是被冤枉的。

几百年，足够埋没很多事。

我唯一能肯定的是：

她是个可爱的人。

王清惠：国破山河照落红

（生卒年不详，约活动于公元 1265 年—1294 年）

即使白发已缠满王清惠头上的道簪，那阔别已久的临安灯火依旧在她眼前清晰地燃烧着、跳跃着。

王清惠依稀记得，她曾见过宋朝的元夕灯火。那时的临安满城结彩，灯火之盛竟胜于白昼。那时她恩宠正盛，灯火照映如莲的面庞，全不知数十年后，她竟要赖着当初那模糊而欢欣的回忆来熬过一个又一个漫长的日夜。

王清惠，于多数人来说或许是个陌生的名字。

她是宋朝的一位宫女，准确地来说，是一位目睹宋朝灭亡的宫女。她所侍奉的皇帝是宋度宗赵禥，是一位昏庸的酒色之君。赵禥的母亲出身微贱，所以在怀上赵禥这个孩子时，就曾在赵禥嫡母的逼迫下喝下堕胎药。不知是幸还是不幸，赵禥并未胎死腹中，但却因此落下脑疾，一生愚笨非常。若不是他被当时的皇后谢氏认为养子并被立为太子，他可能会在周围人鄙夷的目光中过一辈子。

赵禥做太子时不知被多少名师大家教导过，但无论如何都无法让他开窍，他也常把那些名师大家气得七窍生烟。

每一个朝代末了时，常常会有一个或几个大奸臣把持朝政，干涉君王统治乃至皇位的继承。他们为了牢牢握住手中的权力，常常会选择一个好拿捏的皇位继承人。这个继承人要么十分年幼，要么蒙昧无知。而南宋也有一个这样的奸臣，他叫贾似道。他看中了赵禥的愚笨，于是拥立他做了个傀儡皇帝。

贾似道和赵禥，一个奸臣一个昏君，成了南宋灭亡的导火索，也是王清惠悲剧命运的根源。

王清惠在赵禥还是储君时就受到了他的宠爱与重视，在赵禥即位后，她更是被封为正二品的昭仪，并受命掌管内廷文书。

当时宫内的每个角落都流传着明君与贤妃的佳话。尽管王清惠清楚，这只是宫人美好的愿景。因为赵禥绝对称不上明君，而她虽受宠，却绝对无法成为把赵禥改造成明君的贤妃。她虽站在玉楼金阙之上，也站在君王身侧，但她的忧虑却从未消退。

王清惠是个清醒的人。当时的文士争相吟诗作赋，他们所赞美的太平，不过是凭空捏造出的一个虚无的盛世。当时的南宋已是凋敝不堪，蒙古人的铁骑随时可以踏破临安城门。拥立赵禥做皇帝的贾似道只手遮天，已然完全掌握政权。更为荒诞的是，赵禥把国家大事交由当时宫内受宠的春夏秋冬四夫人，由她们轮流处理国事。

国家大事如此儿戏，令人叹息。

王清惠是宠妃，但也只是宠妃。她的任务是取悦君主，最多不过协助打理内廷事务。她无法如将军战士一般提刀从戎，卫国戍边，也无法像忠心文臣那样为国进谏，出谋划策。

她身处深宫。也许玉楼金阙之中，腐朽气息尚且能被歌管舞袖所掩盖，但宫墙之外，昔日的泱泱大国早已不复生气，取而代之的是拼死顽抗的军队和百姓的悠悠哀鸣。

赵禥的死极为突然，死因极其荒谬。彼时他不过三十余岁，却在过度的酒色之中丧命，丢下一个行将就木的王朝。南宋在慌乱之中只得扶持年仅三岁的宋恭帝登基。然而朝政仍几乎被奸臣贾似道控制。

蒙古人的铁骑再也无法阻拦，所以德祐二年的战火虽说来得突然，却也不出任何人所料。

1276年，年仅五岁的宋恭帝出降，以不少宫人被俘为代价，换取南宋的苟延残喘。这群宫人以女眷为主，而王清惠便是她们中的一个。她随着蒙古人一路北上，自此，她与遍布战火的故土永诀。

这一次北行，途经了北宋故都。旅居故都夷山驿中的王清惠，不禁悲从中来。

腐朽之朝终会崩塌，委曲求全换不来朝代的延续。

百年前的汴京，是《清明上河图》上的盛景。而如今这里却被蒙古所占据。正所谓"万里东风，国破山河照落红"。东风如故，落红依旧，已是故国不复当初。

王清惠挥墨在夷山驿墙上题下一首《满江红》。

"太液芙蓉，浑不似，旧时颜色。"国破之后，往日繁华皆已失色。

"曾记得，春风玉露，玉楼金阙。"过往宋宫的繁华如在眼前。

"名播兰馨妃后里，晕潮莲脸君王侧。"她也曾是君王身边的宠妃，如太液池中的莲花那般娇艳。

"忽一声，鼙鼓揭天来，繁华歇。"过往的一切被蒙古铁骑终结。

"龙虎散，风云灭。千古恨，凭谁说。对山河百二，泪盈襟血。"滔天的悲愤在她心中如浪潮一般翻滚着，连眼前落红似都要被她的泪染成血色。

"客馆夜惊尘土梦，宫车晓碾关山月。"车辙碾过关山月影。沦为俘虏被迫北上之后，她噩梦缠身，始终难以从去国远行的悲痛中抽身。

"问嫦娥，于我肯从容，同圆缺？"她向月上嫦娥殷切发问，能否带她远离苦难人世，与月同圆缺。

声声是泪，句句如血，即使相隔千年，词中悲意仍能透过书页，喷涌而出。

悲愤的背后，是宁折不弯的气节与拳拳爱国之心。如此德行令人不由自主地想到一百余年前那位与她一样，在满腔悲愤之中写下另一首《满江红》的岳飞将军。

"靖康耻，犹未雪。臣子恨，何时灭。"他们的身份截然不同，然而却被国难激起了如此相似的"恨"。一个宫人，一个将军，一样的赤胆忠心，一样的满腔悲愤，一样的无力回天。

而与他们的滔天怒火和刚直气节相对的，是君王的浑噩度日和委曲求全。百余年前，徽宗赵佶在靖康之难中被金兵所俘，受尽屈辱的他本该有卧薪尝胆的毅力，再不济也该有宁为玉碎的勇气，然而他却一直在金人的侮辱之下苟全性命。观其在北行之时所填的《宴山亭》《眼儿媚》等流传甚广的词作，其中也只能见到对奢靡安逸生活的怀念。而死于酒色过度的赵禥，更是令后人鄙夷。

王清惠是位深居宫中的宫人，但她的眼中有百二河山，有千万黎民。其眼界之广远、气节之坚贞，远远超过了徽宗赵佶和度宗赵禥这样统治天下的君王。

在这般惨烈的对比下，王清惠和岳飞这样的忠志之士，更加令人景仰，也更加令人惋惜。

王清惠被俘三年之后，也就是1279年，南宋军队在厓山海战中被蒙古军大败，全军覆没，统治中原三百余年的大宋王朝终于彻底崩塌。而赵禥的养母谢氏，当时的太皇太后，也在宋亡后被押解北上，北上的路线就与三年前王清惠被俘北上的路线相同。谢太后看见了王清惠题于驿馆墙上的这首《满江红》，使这首词迅速流传于天下。

这首《满江红》文采出众，连忽必烈也被她的才情吸引，甚至曾因此动过纳她为妃的念头，只是被王清惠严词拒绝了。

她坚贞而劲烈，若让她委身元人，恐怕比让她身死更令她绝望。她反复请求出家为女道士，并请求以女道士身份照顾年迈的谢太后和年幼的宋恭帝。宋恭帝年幼，前文已提及，他出降时年仅五岁，正是需要被照顾的年纪。

也许是她的品性感动了元人，忽必烈答应了她出家的请求。她自号冲华，以女道士的身份度完了余生。

此后关于她的记载少之又少，只有她与友人相唱和的《满江红》留存于世间。

晚年她曾与一同被俘北上的乐师汪元量相唱和。两人皆通文墨，又共同背负亡国之痛，所以彼此引为知己。汪元量曾和过王清惠的《满江红》，虽不及王清惠词中的悲壮，却也足见他心中国恨家仇之深。

据一个名叫金德淑的宋朝宫人说，汪元量反复向元朝人请求回乡，最后获得了元朝人的准许，南行回了故乡。他离去时被俘的南宋宫人纷纷相送。而王清惠却不及他的幸运，永远留在了异乡。

至于王清惠照看长大的宋恭帝，虽没有当即丧命，也在五十余岁时因为文字冒犯元英宗而被杀害，死于非命。

终其一生，王清惠的命运都在随南宋的命运而沉浮，然她的心却未随南宋的灭亡一同屈服。

她就像干枯而倔强的寒菊，即使已是行将就木，仍骄傲地独立于寒枝之上。

宁可枝头抱香死，何曾吹落北风中。

无人知她死于何时。能肯定的是，待她魂归临安，再见临安灯火盛景之时，一定是满心欢喜。

柳如是：青楼女将

（公元 1618 年—1664 年）

世人惯以植物喻美人。人们将生于富贵丛中的美人喻为牡丹，将清冷高洁的美人喻为寒梅，将幽居空谷的美人喻为幽兰。但在一众植物当中，竹似乎只是男子，尤其是儒生的专属。

但有一位女子，却因为其品性之高洁而被喻为竹。她容颜绝世，本会被喻为春日某种妍丽的花，但因其品节傲骨太过耀眼，她的绝世容颜反倒成了她最不值得一提的小优点了。

她叫柳如是，当然，人们往往更愿意如陈寅恪先生在《柳如是别传》中那样，称她为河东君。

柳河东原指柳宗元，是柳姓郡望。将柳如是称作河东君，仿佛她和千年前的文学大家之间有了千丝万缕的联系。她不再只是束于秦楼楚馆之中的落难女子柳如是，而是化作了刚劲不阿的"柳儒士"。

事实上，河东君也确实担得起这个名号。

河东君幼年经历坎坷，她在年纪很小的时候就被卖给了"归家院"青楼的名妓徐佛为婢。她的幼年经历多不可考，我们无从得知她的亲生父母是谁，只能大略推算得，她沦落风尘之时，最多不过九到十岁。

　　九到十岁，放到如今的社会，正是小学三四年级的时候，正是应当背着小书包、享受知识熏陶和父母疼爱的时候。然而河东君却已被迫与生身父母永诀，以瘦弱单薄的身躯，面对炎凉的世态。当河东君的名声越传越广时，当明朝的人们认识这位风华绝代的女子时，她已经是色艺双绝的一代名妓。但无人能知道，在此之前，在她独自面对沦落风尘的命运时，她的彷徨和无助、她的委屈和挣扎。无论名妓们看上去多么光鲜，都不应忽视她们的苦难。

　　不幸中的万幸，河东君遇到的"养母"徐佛对她还算不错，并且河东君自己也聪敏异常。徐佛不仅在混乱的明末给了她一口饭吃，让她顺利长大，还把一身诗画技艺传给了她。直到十一二岁时，河东君被刚刚告老还乡的前任相国周道登挑中为婢，随后被纳为妾室。

　　周道登对待河东君，比之主人对姬妾，更像父亲对女儿。他对河东君十分怜爱，常把她抱在膝上，给她讲解诗书。

　　周道登是状元出身，他的才学和眼界非徐佛可比。所以，他的教导对河东君影响甚大。周道登死后，她就被周道登的姬妾赶出了家门，但这几年的教养已经足以左右河东君的一生。

被周道登的姬妾赶走后，河东君回到了归家院，开启了漫长的歌妓生涯。当然，她的生活绝不仅限于青楼之中。她常常女扮男装，出现在各个文人雅集之中，与众多文人雅士交游。河东君从不自轻自贱。出身青楼又如何？身为女子又如何？没有人能阻止她在雅集之中尽情挥洒文墨，也没有人能阻止她的诗名与文名名扬天下。有学者评她的诗中有"丈夫气"。这个"丈夫气"，不是指河东君像一个男子，而是指她的才情、眼界，还有一身傲骨，是封建时代的闺阁女子身上罕有的。

这里需要阐明一点，河东君没有成为传统的、只得以色事人的风尘女子，虽有养母徐佛和周道登的特别照顾，但更大程度上还是由当时士大夫阶层对风尘女子的偏好决定的。

当时的士大夫期望能在青楼找到所谓的"红颜知己"，即与她们有精神交流，故而青楼女子学艺学诗者众多。河东君从小学习诗词歌赋，很大程度上是因为这层原因。

在与文人交游的过程中，河东君结识了不少东林党人，其中就包括明末名臣钱谦益。

钱谦益是东林党首领，是朝中重臣。河东君倾慕于他的才华和德行，即使彼时钱谦益已经快六十岁，但河东君立马就将他认定为自己的理想型丈夫。于是，她决定主动出击，追求爱情。为此，她竟女扮男装与钱谦益相见，并且谈吐自如，如一位博学儒士，全无少女娇羞之态。

而钱谦益更是被这位奇女子深深吸引。并且，钱谦益会坠入爱河，绝不只因为河东君的年轻貌美。对于一个站在封建士大夫顶端的大臣来说，尽管年岁已高，但想要觅得美人做婢妾也不是难事。然而，钱谦益并不把河东君当作他的婢妾，而是把她当作了妻子。具体表现就是，尽管河东君没有成为他的正室夫人，但钱谦益却坚持以三书六礼迎娶河东君。在当时，朝堂高官纳青楼女子本来就会受人非议，而以大礼"迎娶"更是让人闻所未闻。

从河东君方面来说，在那个时代，女子主动追爱本来就是奇闻逸事，更别提女扮男装了。当时的那些淑女，只能端坐闺房之中，等待一个从未见过面的陌生男子来把她从家中接走。

但河东君不同。她是名妓养女，生长于市井，与她交游的都是才子名士，没有人规训她应该坚守所谓的"妇道"，故而她自由率性地长成了一个独立的女子，也比寻常女子更重视、更渴求平等。当然，这个"自由"只是相比于闺阁女子而言的某些方面的自由。她与密友——盐商汪汝谦通信时，常自称"弟"，可见她并不愿戴上封建女子的枷锁。她的才气和眼界，早已与那些活跃于诗坛文坛的才士并肩。

钱谦益给予河东君的，不只是从良的机会，也不只是富贵，更是河东君一直追求的尊重和平等。倾慕河东君的人何其之多，但她在大多数人眼里也不过是个才貌双全的歌妓，世俗对她身份的鄙夷从未减少。钱谦益敢为河东君对抗世俗，敢以大礼娶她回家，一方面可见他确是有情有义之辈；另一方面也可见，他并不把河东君当作仅供玩赏的宠物，而是给了她足够的尊重。

钱谦益二十八岁考中探花，官至礼部侍郎，到结识、迎娶河东君为止，已宦海沉浮数十年。然而就是这样一个理应被官场炼得八面玲珑的老臣，却愿意为了给河东君一个她所求的平等，而为自己添上一笔世俗眼中的"污点"。

无论钱谦益德行如何、无论他的名声后来有多臭，在这一点上，他的做法都值得称道。

两人的婚后生活十分和谐，如果两人生在太平盛世，或许可成一段佳话，可惜两人生在明末，那是一个有名的乱世。

当烽火侵占了明朝，没有人能免于受到波及。

灾难的开始，是崇祯皇帝自缢。

当时的明朝并没有因为皇帝的死去而当即灭亡。明朝虽从南京迁都到了北京，却还在南京留有一套"朝堂备份"。所以在崇祯皇帝被逼自尽后，南明迅速找来了一个明朝宗室，成立了小朝廷，改号弘光，史称弘光小朝廷。

钱谦益在河东君的支持下，投奔南明做官。

河东君骑上骏马，与钱谦益并肩前往南京，俨然一位乱世英豪。如果不是身为女子，且没有习过武，她一定还会提刀上阵，为国杀敌。当然，没能上阵杀敌也成了河东君一生最大的遗憾之一。

　　可惜南明小朝廷没有担起光复明朝的大任，反而在很短的时间里就被打散了。复国失败后，河东君和钱谦益之间流传甚广的名场面就上演了——

　　河东君见复国无望，拉着钱谦益一同投水殉国。先贤能不食周粟，那我们也该不食清粟。二十余岁的河东君显然心意已决，但六十多岁的钱谦益却还畏畏缩缩。慌乱之中，钱谦益随便抓出了"河水太冷了"这种破理由来拒绝跳河。

　　河东君对他失望至极，于是孤身跳河，但最后还是被救起。

　　钱谦益在明亡后不久就投降了清朝，并在清朝谋得了官职。然赴任的时候，河东君怎么都不愿意与他同行了。她执意留在了家中，绝不愿意与钱谦益一同投降。

　　若说在世俗身份上，是钱谦益帮了河东君一把；那在名声和气节上，可以说完完全全是河东君救了钱谦益。

　　钱谦益或许不是彻底的卖国贼，他的晚年一直在清朝和复明义军之间摇摆。他的可憎之处，在于他的懦弱，他不愿意孤注一掷地把性命投入复国的事业之中，也没有下定决心完完全全投降清朝，加之他在见识到河东君的大忠大义之后越发愧疚自责，所以他成了个极为纠结的人。

或许实在是羞愧难当，他在降清后不久又辞掉了官职，后来还被牵连入狱，经过河东君一番奔走相救才得以出狱。

出狱后，他又在河东君的影响下积极投入了反清复明的事业，把一切家产都投入其中，直到年老去世。

与钱谦益的摇摆不同，河东君自始至终都坚定地以反清复明为己任。河东君的手，自幼与琴棋书画为伍，手中常握的东西从来都是笔墨纸砚，然而明亡后，她却用这双舞文弄墨的手来为复明的义军补衣。她并不因此而觉得辛苦，甚至因无法舞刀弄枪而愧疚非常。

河东君与钱谦益，一个是自幼被卖入青楼，生活在社会底端的青楼女子；一个是受尽皇恩，自幼学习忠君爱国思想的朝堂高官。然而在面对家国大义时，河东君愿慨然赴死，被救活下来后，也把余生所有的精力投入了反清复明的事业之中；而钱谦益却为了混口饭吃，觍着脸投降清朝，做了人人不齿的国贼。对比之下，河东君的傲骨更显难能可贵。

钱谦益死后不久，河东君被逼自缢。

终其一生，未曾降清。

河东君有诗云："不肯开花不趁妍，萧萧影落砚池边。"

她是砚池边长成的青竹，即使身陷淤泥，也从未改其刚劲挺拔的品质。她生得绝世姿容，却不愿俯身媚世俗，反将一身脂粉气脱尽，换作一身豪侠骨。

沦落青楼如何，身如浮萍又如何？其才、其德、其忠、其胆，何输将相，何逊王侯？

她是青楼中的英雄，是未上战场的将军。

红娘子：铁枪红缨风飘扬

(明末，生卒年不详)

她像是被人用力地抹去了。

正史不屑于为她耗费多余的笔墨，而愿意刻下"红娘了"三字的野史也寥寥无几。他们慌忙织补着被她撕裂的黑暗，好让在黑夜之下艰难喘息的人忘记曾经升起的太阳。

或因为她是女子。

或因为她偶然抛去的冷眼，直叫那些肥头大耳的人惊得毛骨悚然。

我常想红娘子之所以没有留下多少史料传记，是因为她所效忠之人在市井田野，而非玉砌高楼。而那些衣衫褴褛的穷苦百姓，会泪盈双目，会将她视作恩人，但其中识字者定然不多，自然也无人能把她的故事一笔一画地记下来。纵然是记下来了，也难以在时间以及人们刻意制造的阻碍之中流传下来。

但她的传奇无人能抹去。

至少我记得。至少你记得。

…………

　　没有人知道红娘子生于何处，也没有人知道她的父母是谁。但我想，但凡红娘子生在一个能吃饱饭的人家，都不至于被丢去街上跟着流浪艺人学杂耍。想来她的父母要么早已饿死在饥荒里，要么就是实在无力生存，将年幼的红娘子托付给了杂耍艺人。

　　前事我们已难以知晓，我们只知道，这个世界初遇红娘子时，她是个在河南耍绳卖艺的少女。没有像样的闺房，也没有名贵的胭脂，她只有一根相依为命的大绳子。绳子在她手中翻转变幻，而她抹抹汗珠，骄傲地昂着头，再在惊叹声中抱拳谢幕。只不过这时候的她应该没想到，此时为了混口饭吃而学的武艺，将来竟然让她有了扛着钢刀上战场的实力。

　　传闻她卖艺时常穿着一身红衣，十分耀眼，让人把目光从她身上移开都难，所以她被当时的河南人称为红娘子。

　　如果是在一个安稳的年代，她也许会一辈子流浪街头，和一帮子卖艺的好兄弟一起走南闯北，老了之后要么嫁给个商人，要么教几个徒弟。

　　但偏偏，她生在明末。

　　那时盗贼横行，连地痞都能摆出土皇帝的架势。至于衙门官府里那些人，无不闭上眼睛喝酒作乐，有空再用豆丁大的脑子想想，怎么在穷到没饭吃的百姓身上榨出最后两个铜板。

至于治理地痞流氓，这些尸位素餐的官员根本不愿意蹚这趟浑水。

其实明末也不是没有好官清官，但自觉的好官清官在任何时代都是稀缺产品。百姓能不能活下去，并不只是一方父母官清不清廉决定的。有时候，惩治贪官比选用好官还实在得多。

就比如明初时，朱元璋对贪腐深恶痛绝，治理手段也十分严苛。官吏都被皇权圈死，当然无法肆意欺压百姓。但明末时内忧外患，皇帝的面前摊着一大堆公务，完全无法多伸出一只手来拍死贪官污吏。尽管有心，但也无力。

所以红娘子看见的世界，是一片官吏瘫在官府、地痞流氓统治各个街道的荒诞景象。

这世道容不下穷人，那就掀翻它。

红娘子如是想。

因为从小就无人教她怎么做封建时代的优秀女性，红娘子心中的枷锁也比同龄少女少得多。她风风火火地把绳子换成大刀，从此开始行侠仗义。而这对当时的一般女子来说，是只能在小说与传奇之中看见的新奇故事。

但红娘子很快发现一个问题：她如今四处行侠，或许能为一人两人申冤，让一户两户吃两天饱饭，但终无法为天下受欺压者申冤，让天下饥民吃上饱饭。

她不能只做火苗，她必须成为百姓们的小太阳。

深思熟虑后，她带着一起卖艺的好兄弟和一帮贫穷百姓，在鸡公山宣布起义。

事实证明，在一个朝代内外都烂到没边的时候，与其变法改革让它苟延残喘，还不如直接把它推翻了，然后再建个新的。

红娘子起义之初应该不曾想过要改朝换代。这些人起义的目的，最初只是把欺辱自己的人送上西天而已。

红娘子起义这段历史其实在史书中也不是没有记载。只不过史书中能看见的，只有"乱"和"贼"这些词而已。比起百姓幸福，这些记录历史的人更希望百姓稳定。

这支起义的队伍一路披荆斩棘，势头极大。他们本是被临时拉起来的一群苦命人，起义之前或许只举起过锄头，根本没有碰过刀枪，但这支队伍竟越发壮大起来。

红娘子起义军的战斗力当然不如受过训练的正规军，但当人被欺压到一定程度时，愤怒即是他们的武器。

值得一提的是，红娘子在这次起义之中，遇到了自己的丈夫李信。

李信是个富家举人，他的前半生无疑与红娘子前半生有天壤之别。在殷实的家里，他安安稳稳地读书，安安稳稳地考试。照常理来说，这样的举人对一般少女来说是合心意的丈夫，但红娘子是必然看不上的。毕竟，人家的刀砍的，就是这些官吏富人。

但李信不一样。

红娘子初遇李信时，他站在家门前，面前是摇摇晃晃的饥民，背后是一车粮食。她忽然觉得这小举人不似其他士人那样面目可憎。

许是他脸上没有令人恶心的油光的缘故。红娘子想。

在红娘子攻打杞县时，李信毅然选择帮助她。而帮助一个"反贼"，意味着放弃举人的前途、放弃富家公子的生活。可见在他心中，正义是最重的砝码。

李信的选择让红娘子敬重非常。毕竟，被压迫而反抗和放弃压迫者的身份为被压迫者而反抗，是截然不同的两种概念。

然而此时的李信仍有些犹豫。对一个学了十多年儒学的举人来说，要加入人们口中的"反贼"队伍还是十分困难的，因为这意味着与过去夫子教与他的道德相背离。

他赈济饥民，是俯下身的同情。

是同情，不是共情。

所以他选择了回乡。

但乱世总有一千万个方法把李信逼上梁山，不管他是无奈还是坚决。在乱世，要么跟着老旧的朝代一起烂下去，要么便与过去的朝代彻底割裂。

还没等李信做好选择，他的故国就亲自砍断了他的退路。李信与红娘子的关系让他被官府定性为逆贼，甚至一回家就被抓去了大牢。

若下令捉拿李信的官员能预见李信的未来，他的肠子一定会悔得像青铜器一样青。把一个谋士逼去敌营，还真是不划算的决定。

按常理来说，若那时的一个普通女子听闻新婚丈夫蒙冤入狱，会有何反应呢？或许是终日倚门落泪，或许是替夫尽孝，就算是为夫上诉申冤，也算是极为勇敢的女中豪杰了。

但红娘子，她不是普通女人。

为夫申冤？不存在的。

她直接攻破县府，一把火烧了大牢，把存粮分给百姓，然后带着满脸震惊的丈夫上马跑路。

这哪里只是女中豪杰，这根本就是女中水浒。

经过这么一闹腾，李信亲眼看见了草菅人命的破官和一群跟他一样的无辜百姓。这一切让他彻底绝望，也让他最终醒悟。他从此改名李岩，与过往断绝。

从信到岩，从儒士到勇士。

红娘子心知孤身斗争不是理智的选择，所以她与李岩商议，一块儿投奔势力更大的李自成。

这个选择，在当时看是非常明智合理的。此时的李自成还没有因功成而自满，他的军队有更强的生命力。再者，李自成也是农民起义军，这令红娘子生出了亲切感。

红娘子携夫投奔后，李自成如获至宝。一个能征善战的将军和一个胸有远见的谋士，放在何时都是起义团队的重要发动机。传言李自成"均田免赋"的政策就是李岩建议的，而这个政策使他牢牢把握住了中国最大群体的人心。在这两人的支持下，李自成的军队势如破竹，直至攻破北京城。

但红娘子没有料到，她和李自成到底是完全不同的人。李自成起义，为的是反抗自身贫苦潦倒的命运，是因为他不甘于做个被欺压的驿卒。而红娘子是为了被欺压的贫农饥民而扛刀上阵，是为了她心中崇尚的正义。

李自成不是个合格的领导者。

他功成之后，冲天的傲气侵占了他的斗志，哪怕是他的军队在一片石遭遇惨败也没有影响分毫。此时恰逢吴三桂入关，依旧忠于李自成的李岩向领导建言，不要急于称帝，当先驱赶清兵，稳定局势。

但这却惹怒了急于坐龙椅的李自成。他的冕旒都快戴头上了，李岩却让他取下来。骄傲会磨灭人的理智，愤怒的李自成用一杯毒酒了结了他的谋士李岩，也让他的将军红娘子彻底寒了心。

红娘子此时应是迷茫的。投清是她唾弃的懦夫行为；而李自成的军营，她也绝不可能待下去了。所以她最终走向了一条最为危险的路，那就是孤身一人带兵脱离李自成，一手抗清，一手迎击李自成。除此之外，她别无选择。

　　红娘子是天生的军事家，困局愈艰，其才愈显。即使是在两面受敌的困局之下，她仍能接连取胜。

　　但红娘子是天才，却不是神明。她的军队相比于李自成的军队和清兵来说实在是太过渺小。

　　她的抗争，是近于悲壮的挣扎。

　　正义所向，当以死守。

　　她的军队被逼向南方，与南明一道抵抗重重包围。但南明很快被南下的清兵剿灭，而红娘子也在南明兵败后在人间蒸发。

　　不久后，亲自砍断左膀右臂的李自成被清兵追到东南，死在了九宫山。

　　红娘子、李自成，还有大明，都消散在了顺治二年。

　　尽管红娘子落败后便忽然消失了，留给这个世界的也只是个空白的结局，但我想只要她活着，就不会放下指向压迫者的刀。

　　因为红娘子的侠气是与生俱来的。

　　红娘子没有什么崇高的信仰，也没学过类似民为本之类的思想。从来没有人在她耳边说过，你应该为穷人伸张正义，你应该为穷人杀出一条血路。

但她却这么做了，她的一生都在为穷人举刀，所向披靡，义无反顾。而这一切的原因，是她与生俱来的大爱与侠气。

这是红娘子的耀眼之处。

尽管如今记得她的人已经寥寥无几，但是，我该记住，你也该记住：

大明有位红娘子。

她是将军。

她是侠。

｜ 后记 ｜

一个读史女孩的瞎想

　　什么时候开始喜欢读历史的？也许，从我认识历史开始，就已经爱上她了吧。爱她的崎岖难言，爱她的悲喜交集，爱她的幽深莫测。我爱读历史时那种说不清道不明的心绪，那是一只蝼蚁面对万丈青山时的肃穆与狂喜。

　　宋史是我读史生活的开始。而读宋史时，"梦好恰如真，事往翻如梦"，这句诗就会在我脑海中浮现。我明明是一千年后的旁观者，但拿起史书，我却又成了一千年前的梦中人。我的情绪随着史书里一个一个的人而起伏。我有时会情不自禁地笑出声，笑着笑着又潸然泪下。这种情绪成了一种羁绊，我与那群千百年前就归于黄土的灵魂原本毫无关联，但他们又好像活生生地站在我面前。他们的故事、他们的命运像是从未平息的洪流，翻涌至今。

　　宋朝并不是从一开始就贫弱的。

　　我还记得，宋太宗的第一个年号，是太平兴国。

278

太平，兴国，那是一个皇帝的宏图壮志。

那是梦啊，那真是一个繁华的梦。

那时候宋朝还是《东京梦华录》里车如流水马如龙的繁盛景象。"梦华"，梦中的华胥国，是不存在的理想国。对于宋朝人，尤其是对于那群在北宋受尽尊崇的文人墨客来说，北宋前期的那段年月，就像是华胥国真实地降临在了人间。当然，又或许，所谓"梦华"，只是南宋人以及千千万万后世人，在回忆北宋的时候，对她一厢情愿的美化。

而我，就是这千千万万分之一。

我记得，在那个时候，范仲淹是西北边境的一面旗帜，欧阳修还是那个挥笔撰写《朋党论》的热血青年，甚至，六贼之一的童贯还是那个不顾一切冲锋的将，他曾那么真实地傲立在西北战场上，与万千西北军一同发誓，与西夏人决一死战。

他们曾经都是不谙世事的少年。

宋朝也是。

刘娥身居深宫，却是执棋之人，手起手落，护得江山安宁；富弼持节千里，瘦弱的文人身躯扛起一个国家的尊严；一个头戴面具的士兵迎着塞北苍然的落日余晖冲入敌阵，他的名字从未被人忘记，他叫狄青。

文死谏，武死战。死亡也好，荣光也好，青史留名也好，马革裹尸也好。

对生死的恐惧，在国家大义面前，淡化了。

我不能输，我的背后是我的国。

种师道不会想到，年过古稀，却要被迫目睹祖辈用命守护的江山被虫蚁一点点啃食，他支撑着老迈的身躯，坐在和他一样老的战车上，手握一把和他一样老的剑。城外是完颜宗翰的铁骑，城内是搜刮财物苟且偷生的李邦彦。

他不是神，与他一同守城的李纲也不是，他们无法支撑起一个被榨干的王朝。

何其辛酸，何其无奈。

华胥国不会真正存于世间，繁华盛世也终会走向凋敝。

宋朝有很多奸佞。

被赵桓削去官职、贬往南方后，一日蔡京被问起："你不知道这片江山会变成这样吗？"蔡京迟疑了一下："我没想到会波及自己。"他是蛀虫，是猪狗，不只他，六贼尽是。每个民族都有败类，泱泱大国如中华者，也不能幸免。《菜根谭》说：达人观物外之物，思身后之事。这样的人耽误了自己的一生、耽误了自己千古的名声，也耽误了一个本能高寿的王朝。

白铁无辜铸佞臣。

宋孝宗赵昚是个不错的皇帝。

那是南宋仅有的光明。岳飞的冤案终于平反，南渡皇帝的剑终于指向了北方。看似大宋复兴在即，太平兴国年代的光芒即将再次绽放。然而汉有光武明章，宋有乾淳，都只是王朝颓败前的回光返照。也许赵昚的心情与我们都一样。

壮志，奋进，无奈。

在一个时代即将凋亡的时候，再多的挣扎都无济于事。宋朝已经从内里坏死了。

崖山海战后，陆秀夫背着南宋的最后一个皇帝赵昺毅然投海，无数忠臣紧随其后，殉国超过十万人。

南海血色的波涛，是唱给这个朝代的挽歌。

宋朝，悲哀地、壮烈地，一去不返。

依稀记得，北宋叱咤风云、威震蛮夷的西北军，也约莫十万人。

崖山，是故事的终点，但不是宋朝的句号。

数年后，文天祥被斩首于燕地。

这是一个血色的句号，也是对"宋朝无血性"一说无声的嘲讽。一个民族，尤其是汉族这样拥有厚重历史的民族，可以死伤很多人，十万，百万，千万，但有些东西是不变的、不灭的，无可置疑，无法摧毁。

都说读史是最悲最怒的，其实都来源于无可奈何。抛开"阁中帝子今何在？槛外长江空自流"与"君臣一梦，今古空名"式的文艺，或者"以史为鉴"这样把历史作为教材的学习态度，历史给人以震撼，不是来自肤浅的感官，而是发自内心，震动灵魂。

我读历史，不为明志，不为鉴古，只为一种发自内心的快乐。